# O caçador



Ana Lúcia Merege

1ª edição

Editora Draco

São Paulo
2021

Ana Lúcia Merege
é Mestra em Ciência da Informação e curadora de Manuscritos da Biblioteca Nacional. Autora dos romances *Anna e a Trilha Secreta*, *Orlando e o Escudo da Coragem*, *O Castelo das Águias*, *A Ilha dos Ossos*, *A Fonte Âmbar* e *O Tesouro do Mares Gelados*, além de vários contos publicados pela Editora Draco, onde também organiza coletâneas como *Excalibur*, *Medieval*, *Magos*, *Duendes* e *Meu Amor é um Sobrevivente*. Escreveu ainda *O Caçador*, *Pão e Arte* e o ensaio *Os Contos de Fadas*. A autora mora em Niterói – RJ com seu marido e filha e trabalha com manuscritos na Biblioteca Nacional. Além de escrever, tem paixão por viagens, gosta de pesquisar sobre mitologia e de contar histórias.
Blogs www.estantemagica.blogspot.com www.castelodasaguias.blogspot.com



*Publisher:* Erick Santos Cardoso
*Edição:* Cirilo S. Lemos
*Revisão*: Ana Lúcia Merege
*Capa e arte:* Ericksama

Dados Internacionais de Catalogação na Publicação (CIP)
Ana Lúcia Merege 4667/CRB7

Merege, Ana Lúcia
O caçador / Ana Lúcia Merege. – São Paulo: Draco, 2021

ISBN 978-85-8243-291-4

1. Ficção I. Título

CDD-869.3

Índices para catálogo sistemático:
1. Ficção : Literatura brasileira 869.3

1ª edição, 2021

*Editora Draco*
R. César Beccaria, 27 – casa 1
Jd. da Glória – São Paulo – SP
CEP 01547-060
editoradraco@gmail.com
www.editoradraco.com
www.facebook.com/editoradraco
Twitter e Instagram: @editoradraco

# ANA E OS LOBOS por MARCO HAURÉLIO

Ana Lúcia Merege é uma mulher que corre com os lobos. Por sua prosa ecoam narrativas fantásticas da Antiguidade e do Medievo relidas, refundidas, renascendo, jovens e vigorosas como se saltassem do caldeirão fervilhante de Medeia. Ana passeia por vários mundos e épocas, temperando sua fantasia sofisticada com pitadas de *sword and sorcery*, afinal, a literatura da Estante Mágica não aceita amarras nem compartimentos. O primeiro livro seu a que tive acesso era um ensaio sobre os contos de fadas, lançado de forma independente e com tiragem limitada, naquele momento, a uns poucos curiosos. Na época, eu coordenava uma coleção pela Editora Claridade, selo da Nova Alexandria, chamada Saber de Tudo. Não pensei duas vezes e entrei em contato com a Ana, convidando-a para fazer parte da coleção, que relançaria o seu livro, o que, efetivamente, aconteceu na primavera de 2010. Escolhi para figurar na capa uma pintura realista de Albert Anker que trazia Chapeuzinho Vermelho como uma menina de aldeia do século XIX. Fora-me sugerida a repisadíssima gravura de Gustave Doré, da versão de Charles Perrault, utilizada *ad nauseam*, mas não arredei pé de minha escolha, e, até hoje, é esta imagem que adorna a capa do livro que, a cada ano, vem sendo acarinhado por muitos leitores.

Qual não foi, portanto, minha surpresa ao me deparar com a sua novela fantástica *O caçador*, quase em seguida à edição de *Os contos de fadas*, e perceber tratar-se de um livro que em quase nada se filiava ao anterior, embora os vários personagens de um frequentassem as páginas do outro. Claro, são gêneros distintos, enfocando universos que se entrecruzam, mas, a ficção permite liberdades das quais os estudos sistemáticos têm de fugir como a Chapeuzinho do Lobo. A maior surpresa ficou por conta do improvável protagonista. Personagem periférico em Branca de Neve, quase um braço da rainha vilã, o Caçador aparece com mais destaque em Chapeuzinho Vermelho, cumprindo o papel de herói salvador. Sua rivalidade com o lobo, velha como a própria atividade de onde tira o sustento, é realçada na versão dos Irmãos Grimm, mais completa e interessante que a anterior, e certamente modificada, de Charles Perrault. O predador é chamado de "velho pagão", o que não nos causa qualquer surpresa, dados os antecedentes míticos, especialmente entre os povos germânicos e escandinavos, nos quais o Lobo está diretamente associado às forças do Caos (encarnadas em Fenrir) e ao fim do ciclo dos deuses e heróis dos povos do setentrião. Lobo e Caçador são, portanto, na versão canônica mais celebrada do conto-tipo *Chapeuzinho Vermelho*, inimigos irreconciliáveis. Mas será que sempre foi assim? Afinal, os mais antigos mitos, como o Gilgamesh sumério, apontam para uma ligação anímica entre caçador e caça, no caso entre o herói e o leão por ele superado e a ele assimilado.

## VARIAÇÕES DO CONTO DA MENINA DO CHAPEUZINHO VERMELHO

No índice ATU, que reúne boa parte dos contos recolhidos e divulgados em coletâneas pelo mundo, *Chapeuzinho Vermelho* (*Capuchinho Vermelho* em Portugal) é o tipo 333 [Little Red Riding Hood] e, segundo Paulo Correia e Isabel Cardigos, divide-se em três partes:

> **I.** (a) Uma menina é mandada pela mãe levar um bolo, etc. à avó, que vive do outro lado da floresta. (b) A mãe avisa-a em relação aos lobos.
> **II.** A menina encontra o lobo, (a) que dela aprende como entrar em casa da avó. (b) O lobo chega primeiro, (b1) come a avó, (b2 ) deita-se na cama dela e espera pela menina; (c) a menina julga que o lobo é a avó; (c1) diálogo formulístico entre o lobo e a menina, antes de (c2) o lobo a comer.
> **III.** A menina (a) é salva (a1) juntamente com a avó, (b) por um caçador / (b2) lenhador; (c) enchem a barriga do lobo com pedras, o lobo tem sede cai no rio e afoga-se. [1]

Sandra L. Beckett, no verbete *Chapeuzinho Vermelho*, escrito para a monumental *Greenwood Encyclopedia of Folktales and Fairy Tales* (págs. 583-588), cita o "*Conte de la mere-grand* ('O conto da avó'), coletado em Nièvre por volta de 1885 e publicado pelo folclorista francês Paul Delarue em 1951", em versão que, por seu conteúdo mais elaborado e livre de podas moralistas, certamente corria na tradição oral muito antes do registro de Perrault:

Neste conto popular, uma menina camponesa é enviada para a avó com um pedaço de pão quente e uma garrafa de leite. Em uma bifurcação no caminho, ela conhece um *bzou*, ou lobisomem, que, depois de saber para onde

1 *Catálogo dos Contos Tradicionais Portugueses* (com as versões análogas dos países lusófonos). Faro; Lisboa (Portugal), CEAO da Universidade do Algarve / Edições Afrontamento, 2015, p. 196.

está indo, pergunta se está seguindo o caminho das agulhas ou o caminho dos alfinetes. Nesta versão, a garota escolhe agulhas, mas em alguns contos ela prefere alfinetes. Enquanto alfinetes parecem ser um símbolo da maioridade, agulhas parecem significar a sexualidade de uma mulher mais velha. O lobisomem segue o outro caminho e chega primeiro à casa da avó, onde mata a velha e coloca um pouco de sua carne na despensa e um pouco de seu sangue em uma garrafa. Quando a garota chega, o lobisomem a convida a comer um pouco de carne e a beber vinho. Durante essa refeição canibal, a menina é avisada por um ou mais animais, nesta versão por um gato, de que está comendo a carne e bebendo o sangue de sua avó. A refeição ritual parece simbolizar uma incorporação física da velha senhora, que é substituída pela geração mais jovem. Quando o lobisomem convida a garotinha a se despir e a se juntar a ele na cama, segue-se uma longa "provocação"[2]. Ao tirar as roupas, peça por peça, ela pergunta ao lobisomem o que fazer com seu avental, corpete, saia, anágua e meias. Ela é instruída a jogar cada item no fogo, pois não precisará mais dele. O diálogo dramático sobre as características físicas do lobisomem é mais longo e inclui seu corpo peludo.[3]

Nesta versão, não há um salvador e a heroína escapa valendo-se de sua astúcia. A pretexto de aliviar-se, vai até o quintal com um fio de lã amarrado ao pé. Livra-se do fio, amarrando-o a uma ameixeira, e, quando o lobo descobre o logro, já era muito tarde.

Há variantes em que, em lugar do lobo, aparece uma ogra, que substitui a avó, devorada pouco antes da chegada da menina. Um clássico exemplo é *A falsa avó*, conto reelaborado por Italo Calvino, no qual a casa da avó fica do outro lado do rio Jordão e possui uma fechadura à guisa de boca, como a porta da isbá da Baba-Yaga eslava. A jovem consegue atravessar o rio atirando-lhe roscas e atravessa a porta gradeada, servindo-lhe pão com óleo, untando-lhe as dobradiças enferrujadas. A heroína, esfaimada, escapa por pouco de deglutir o que restara da pobre velha: os dentes e as orelhas, que a usurpadora assegurara serem feijões e fritadas. Depois do diálogo formulístico, e involuntariamente engraçado, girando em torno do excesso de pelos da "avó", a menina descobre a verdade ao deparar-se com o rabo da ogra (e, aqui, não nos é difícil conjecturar que se trata de mais um disfarce do lobo). Pretextando, também, fazer as necessidades, a menina escapa, amarrando a corda que lhe prendia a cintura a uma cabra. Repetindo o motivo da fuga mágica, a porta gradeada facilita-lhe a passagem. Do mesmo jeito o rio Jordão, que acaba por afogar a velha, conforme o motivo D672: *fuga de obstáculo* (*o rio separa o fugitivo de seu perseguidor*)[4] do

---

2 Strip-tease no original.

3 The Greenwood Encyclopedia of Folktales and Fairy Tales, Volumes 1–3. Connecticut; London: Westport Greenwood Press, 2008.

4 Ver THOMPSON, Stith. Motif-Index of Folk-Literature (seis volumes). Indiana University, 1956.

conto egípcio dos *Dois Irmãos*, inspiração também para o episódio narrado em Êxodo 14:21-23 (a passagem do Mar Vermelho). Esta velha ogra se assemelha muito à Baba-Yaga em seu aspecto maléfico, incluindo a casa-monstro, que vem a ser justamente o oposto do que se nos apresenta à primeira vista.[5] É, na verdade, a casa da iniciação, espaço delimitador de dois mundos (o dos vivos e o dos mortos) onde se dá a morte e o renascimento da heroína. É o oposto da vila onde a menina reside, em cujos arredores, acreditamos, cultiva-se o pão e a uva para o fabrico do pão (ou bolo) e do vinho, que a menina trará para a "avó", ou seja, sua ancestral mítica, que mora na floresta. A localização da menina e da velha apontam para dois estágios sociais distintos, um ligado às práticas e aos ritos agropastoris (resumidos na oferenda do pão e do vinho eucarísticos, presentes nos mistérios de Elêusis), e outro muito mais antigo, relacionado à velha deusa da Morte, senhora da floresta, "o reino dos mortos", para os quais a heroína, se quiser renascer, terá de fazer determinados sacrifícios: untar a fechadura ou as dobradiças com óleo é uma forma de libação, uma garantia de que a heroína retornará ao mundo dos vivos. Este é o contexto histórico e ritualístico do conto da menina do Chapeuzinho Vermelho.

## MAS E O CAÇADOR? ONDE ENTRA NA HISTÓRIA?

O caçador, habitante ou senhor da floresta, é um personagem por demais complexo, e o papel que desempenha tem muito a ver com o contexto em que está enquadrado, indo do Órion grego ao Ninrod assírio, herói e caçador que será associado, pelos autores bíblicos, à tirania e à soberba. Hipólito, segundo uma das versões do mito, foi ressuscitado por Esculápio (o Asclépio grego) e levado para o bosque sagrado de Nemi, nos arredores de Roma, onde, sob o nome de Vírbio, ergueu um templo à Diana, sendo ele próprio deificado. Um deus-caçador, assim como o sumério Ninurta, que lhe antecede em pelo menos dois milênios, e era um matador de monstros, combatente das forças do caos. Filho do deus Enlil e associado a Ninrod, era também chamado Ningirzu, e sua luta contra o demônio Asag, envenenador de rios, da qual sai vencedor, torna possível a organização do mundo a partir dos despojos do monstro abatido. Muitos mitos cosmogônicos trarão este motivo: o sacrifício de Ymir, derrotado pelos irmãos Odin, Vili e Ve nas sagas nórdicas; o gigante Pan'ku, de cujo cadáver faz-se o universo; e, para não se alonjar muito de Ninurta-Ningirzu, citaremos o deus babilônico Marduk, sincretizado com Bel, matador do dragão fêmea Tiamat, símbolo das forças caóticas deificadas antes do estabelecimento do patriarcado. Um deus em especial, o fenício Melkart, que veio a gozar de grande prestígio entre os cartagineses, recebia o honroso

5 V. Propp acredita que existam três tipos de Yaga: doadora, raptora e guerreira.

título "O Caçador", talvez por sua relação com a vitória do sol sobre as forças das trevas, identificadas, em certo sentido, aos animais predadores. Parece-me que o caçador dos contos populares, enfrentando lobos que falam e, como num jogo de espelhos, assumindo o disfarce da velha por ele devorada,[6] ou seja, da antiga deusa deposta, ainda que despojado da coroa e da aura guerreira, descende de todos estes caçadores míticos, conservando uma centelha apenas de sua perdida majestade.

Seria o caçador do conto *Branca de Neve*, aquele a quem foi delegado o sacrifício de uma jovem por sua mãe ou madrasta a depender da versão, também um avatar desses reis guerreiros deificados? Parece tratar-se de um personagem distinto, mas há traços em comum entre ambos, o antigo deus, ao mesmo tempo rei guerreiro e herói civilizador, e o caçador que serve à rainha como uma espécie de sacerdote sacrificador. Uma pergunta que se impõe é: por que ela delegou uma missão tão importante a um rude caçador e não a um soldado ou um homem de sua confiança? Bem, nos contos de fadas há muitas camadas, acréscimos e retiradas, além de um evidente fundo mitológico e, por vezes, reminiscências de ritos banidos pelo tempo, mas não pela memória. O nascimento sobrenatural, indício de origem divina, a inveja deflagradora do conflito entre mãe-madrasta e filha, a ordem para que um criado (caçador) a execute e traga como prova uma víscera, a língua ou o coração são motivos por demais difundidos em mitos e contos, alguns deles arraigando-se literatura, como nas versões da lenda medieval de Crescência, já despida dos adornos maravilhosos e acomodada em uma narrativa mais novelesca. Se o caçador é o antigo sacrificador e a rainha, uma imagem deturpada ou pervertida da deusa, por que este deixa de cumprir o que dele se espera, burlando as ordens de sua ama com um logro que logo será desmascarado pelo espelho mágico (atualização do velho e infalível oráculo)? As versões mais completas *de Snow White* (ATU 709) trazem episódios ampliadores do drama da heroína: desencantamento no castelo; partida do príncipe para a guerra; cartas trocadas pela vilã, caluniando-a, obrigando a regente (sogra ou cunhada) a cumprir uma falsa ordem; abandono da heroína na floresta com as mãos decepadas (motivos que integram também o conto independente da *Menina sem Mãos*, ATU 706); revelação da verdade e restituição do antigo status. O caçador figura apenas no início da narrativa, e dele nada se dirá depois. Contam os Grimm que ele poupa a menina, apiedado por sua beleza, o que é, de certo modo, revelador, mas, também, por acreditar que ela, não acostumada à floresta, perecerá nas

6 Comparar aos heróis que são assimilados aos monstros e animais por ele abatidos: Hércules, com a pele do Leão de Nemeia, e Cúchulainn, filho do deus Lug e herói do ciclo irlandês de Ulster, cujo nome significa "cão de guarda de Cullan", já que, ainda criança, viu-se obrigado a matar o feroz cão de guarda do ferreiro Culann e, como punição, teve de substituir o animal morto por um certo período.

garras das feras. Abate em seu lugar um javali (mais um vestígio mitológico, já que este animal aparece em várias jornadas, de Meléagro a Hércules, passando por Ulisses) e leva à feiticeira o fígado e os pulmões da fera. Sabe-se que apenas na segunda edição dos *Kinder- und Hausmäarchen*, de 1819, a madrasta é introduzida. Na versão mais antiga, a grande rival da heroína é sua mãe, o que dá farto pano para a manga dos psicanalistas da corrente freudiana, em especial Bruno Bettelheim, que defende ser a madrasta apenas uma projeção, já que a menina não poderia conceber que sua mãe pudesse ser tão cruel. Tal interpretação me parece muito redutora, pois, além de se sustentar nas versões mais conhecidas do conto, incluindo *A Escrava*, do *Conto dos contos*, de Basile, despreza suas raízes míticas (só evocadas para relacionar o conflito mãe-filha ao Complexo de Electra), teoriza sobre a estatura dos anões, associando o seu ofício de mineradores à penetração sexual. Há versões em que os anões são substituídos por ladrões e me parece claro que tais personagens representam, de início, um iminente perigo que se revela infundado quando os pretensos vilões se aliam à heroína.

O caçador, só lembrado quando a madrasta constata que fora enganada, parece conectar-se a Hipólito, filho de Teseu e enteado de Fedra, que por ele nutre um amor doentio não correspondido. Renegada, ela acusa o jovem, que fizera um voto de castidade a Artêmis (a Diana romana), de tentar seduzi-la, sendo, por isso, "condenado" à morte pelo próprio pai, que clama por vingança a seu protetor, Poseidon. Passeando de carro às margens do golfo Sarônico, Hipólito não vê que um touro furioso emerge das águas, espantando os cavalos, que o derrubam e o pisoteiam, causando-lhe a morte. Ressuscitado por Asclépio, Hipólito ficará aos cuidados da ninfa Egéria, levado por Diana ao bosque de Nemi, na Itália, onde será adorado como deus sob o nome de Vírbio. Torna-se, no bosque sagrado, onde os cavalos são expressamente proibidos, um misto de sacerdote e deus. Seu duplo humano é o Rei do Bosque, que estava indissoluvelmente ligado à deusa Diana, reinando até que fosse batido por um postulante à função, que o substituiria. Esse sacerdote parece ter algo a ver com o caçador do conto Branca de Neve, assim como a rainha, ligada à bruxaria, parecer ser a face obscura de Diana, deusa que, depois da cristianização da Europa, foi associada às bruxas e seus malefícios.

* * *

O romance *O caçador*, de Ana Lúcia Merege, é ambientado em algum período da Idade Média., período em que a caça, associada aos divertimentos da nobreza, que se assenhorou das florestas, ocupou, segundo Alain Guerreau, "um lugar de destaque". Lendas sobre reis e santos caçadores (Humberto, Eustáquio, Cornélio) são abundantes, histórias de perseguição a um animal que atrai o caçador para o coração da floresta, verdadeiras jornadas iniciáticas causadoras de profundas transformações internas e externas. O ambiente da caça é também o da traição, é o que nos ensina *A canção dos nibelungos*, ao mostrar o fim do herói Siegfried, traiçoeiramente morto por Hagen, açulado pela ciumenta Brunhilde, atingido por uma lança.

Na antiguidade, ainda segundo Guerreau, "a caça não estava ligada a um espaço específico, nem a uma categoria social particular",[7] ao passo que na Idade Média, a partir do século VIII, a criação de florestas por parte dos reis parece ter nascido de um desejo de ampliação do poder, à época dividido entre o soberano e seus vassalos. A partir do século XII, a aristocracia laica arroga a si mesma o direito exclusivo à floresta e o desrespeito à proibição por parte de membros das classes menos abastadas era punido com crueldade. No romance, figuras reais são vistas pelo caçador com desconfiança, e creio que isso se deva ao estabelecimento de leis que, cada vez mais, protegiam e ampliavam os privilégios da nobreza, ao tempo em que retiravam dos mais pobres o pouco que lhes restava para se levar uma vida minimamente digna. À página 49, por exemplo, lemos:

Ali também havia uma lei que proibia a caça, exceto para o rei e os nobres; mas o território desse reino era limitado pelas ruínas de um velho castelo, um lugar que todos consideravam assombrado.

O castelo mal-assombrado, espaço não reivindicado pelos nobres, era o mesmo castelo onde a bela adormecida cumpria seu fado centenário. E, como o castelo tal qual conhecemos hoje, em ruínas ou transformado em museu, inexistia na Alta Idade Média, e está diretamente ligado à instauração da ordem feudal, portanto, depois do ano 1.000. É por essa terra dividida entre interesses conflitantes que vagueia o caçador, interessado apenas em ter suprimentos e agasalho que lhe assegurem sobreviver durante o rigoroso inverno europeu. A sua jornada, que não se pretende heroica, mas é em tudo fantástica, o leva a tropeçar em personagens de vários contos de fadas, além dos já citados *Branca de Neve* e *Chapeuzinho Vermelho*. É, na acepção da palavra, um elemento exterior à civilização, que ele despreza de todo o coração. Quase todos os personagens masculinos, incluindo figuras clássicas dos contos, revelam-se egoístas ou ingratos, e a isso ele responde guiado pelo instinto. Prefere a companhia dos lobos e com eles se identifica a um nível quase simbiótico. Mas duas personagens femininas, faces talvez da mesma deusa, que logo identificamos à sua *anima*, o ajudarão a lidar com seu lado sombrio conectado à floresta da qual evita afastar-se. É nela que exerce, ainda que não saiba, seu ancestral sacerdócio.

7 GUERREAU, Alain. Caça. Verbete do Dicionário temático do ocidente medieval, organizado por Jacques Le Goff e Jean-Claude Schmitt. Tradução de Vivian Coutinho de Almeida. Bauru (SP): Edusc, 2006.

# O CAÇADOR

O hear the call! Good hunting all
That keep the jungle law!

Rudyard Kipling, *The Jungle Book*

# O SERVO

Antes que o Sol nascesse já havia muitas léguas de caminho em seus pés, e o som dos seus passos decididos punha em voo os primeiros pássaros da manhã. Era um rapaz alto, de ombros largos e braços sólidos, que, na última estação, acabara enfim de crescer tudo que lhe era devido. Por causa disso, a jaqueta herdada de um homem menor tivera que ser posta de lado, e durante o último Inverno ele se abrigara com um manto de peles, costuradas com uma agulha de osso e tendões de veado.

Agora era de novo Primavera, e à agradável sensação de ter os pés secos somava-se o cheiro vivo do ar e das árvores, misturado ao aroma do pão que vinha dos fornos do castelo. Um bom pedaço de pão quente, hummm... Com mel... Na sua imaginação, ele antecipava a chegada, a recepção sempre festiva das mulheres, que admiravam as peças de caça que trazia e o convidavam para comer e descansar perto do fogo. Além disso, falavam com ele, uma tagarelice sem fim que nem sempre entendia, mas que era bem-vinda após um quarto de Lua ouvindo apenas os sons da floresta. Não que também não os apreciasse, mas gostava de ter com quem falar, ao menos para se certificar de que ainda sabia fazê-lo. Melhor ainda era cantar, pois ajudava a encurtar o caminho. Agora mesmo, seguindo a trilha, ele entoava algumas notas entre os lábios quase fechados, um som tão baixo que ninguém o teria notado na escuridão da floresta; mas a voz se tornava mais clara à medida que o Sol se erguia, e assim, a vinte passos dos portões, a cantiga chegou finalmente aos ouvidos do sentinela.

Como sempre, o homem cochilava em seu posto, apoiado na lança que jamais conhecera uma batalha. Esse, aliás, era também o caso do seu dono, embora se tratasse de um veterano por quem já tinham passado muitos Invernos: um velhote de juntas duras e modos quase amigáveis, que já não acreditava na necessidade de haver alguém de guarda. Tanto que mal abriu os olhos antes de deixar entrar o rapaz, embora qualquer um pudesse ver que aquelas mãos e aquele arco bastariam para tomar o castelo. Ou será que o velho era dos que acreditavam nos boatos – era um daqueles que cuspiam para o lado, a fim de evitar o mal, enquanto juravam que a esposa do rei protegera as muralhas com um encantamento?

O caçador nunca pusera os olhos sobre a rainha. Viera para fazer o que fazia todo quarto de Lua: deixar uma parte do que conseguira, receber sua paga, voltar para a floresta. Nem as mulheres da cozinha esperavam que fosse diferente, pois agiram como sempre, empurrando-lhe comida e tagarelando sem parar enquanto ele se sentava perto do fogo, as pernas estiradas para descansar da viagem, devorando grandes nacos de pão com mel. Falavam e falavam e emanavam um cheiro desconcertante, algumas delas ao menos, pensou ele, sem saber de onde vinha aquele odor que tanto o atraía. Tudo que sabia é que, a cada visita que fazia ao castelo, mais se tornava difícil partir; mas até então não conseguira entender o motivo, portanto também não havia uma razão pela qual ficar.

Assim, tão logo acabou de comer, ele se levantou e pegou a bolsa, preparando-se para a jornada de regresso à floresta. Estava de costas para a porta quando uma das moças soltou um gritinho, um alerta a partir do qual o silêncio dominou a cozinha. Inquietas, as mulheres se calaram, só restando o ruído das panelas que borbulhavam no fogo; e quando se virou, pensando em perguntar o que havia, o caçador se viu frente a frente com um homem de cenho franzido.

– A rainha – disse ele, e sacudiu a cabeça; trouxera a mensagem, mas não compreendia o porquê. – Você é chamado para uma audiência com ela. A sós.

– A sós...! – sussurraram as mulheres, e se apertaram umas contra as outras. O caçador não viu o medo em seus olhos, pois já deixava a cozinha em companhia do mordomo. Com passos rápidos, os dois percorreram vários corredores, logo chegando a outra ala do castelo, onde os aposentos eram frios e quase nus. No último – havia um grande espelho na parede, escuro como o fundo de um poço –, o mordomo se esgueirou para trás de uma tapeçaria, de onde voltou, com o rosto ainda mais pálido, para mandar entrar o caçador.

Um fio de consciência de onde estava e de quem era o fez ajeitar as roupas antes de se apresentar perante a rainha, com os olhos baixos, mas de pé, até ouvir a ordem ríspida para se curvar. O caçador pôs um joelho no chão e esperou, até que a mesma voz o mandou erguer o rosto. À sua frente estava uma mulher de meia-idade, sentada muito ereta num trono de carvalho, envolta nas peles dos arminhos que ele apanhara no início do Inverno. Não era difícil suportar seu olhar, porque nada havia nele do calor inquietante dos olhos das outras mulheres. Também não havia a benevolência com que o fitavam quando ele era mais jovem, no tempo em que mendigava os restos das cozinhas, antes que a floresta o ensinasse a ganhar seu sustento. Na rainha não havia calor ou piedade, mas também não havia ódio. Só o que havia era desprezo – e isso era tão familiar ao caçador que já deixara de incomodá-lo.

– Então, você é o que traz a carne – disse a rainha, afagando a pele de arminho. – Tem uma boa faca? Uma faca afiada, que chegue até o coração? Não importa – continuou, dispensando-o, com um gesto, de desembainhar a faca de caça. – Importa que conheça bem os caminhos da floresta. Os mais profundos... para onde vão as feras.

Sorriu, com os olhos brilhando; o caçador não percebeu o que havia por trás do sorriso e o retribuiu. A rainha se mostrou ainda mais satisfeita: ali estava um bom servo, que a temia e a admirava e jamais a desapontaria, o homem perfeito para desempenhar aquela tarefa. Pois ela tinha uma missão para lhe dar, uma missão inadiável, a qual, acima de tudo, ele deveria manter em absoluto segredo.

Dito isso, a rainha se inclinou para a frente e começou a falar, sem pressa, para tornar suas ordens bem claras. O que ordenou, porém, foi tão inesperado que ele deu um salto, assim que ela revelou a missão, e gaguejou por um longo tempo até conseguir fazer uma pergunta. Ela estava brincando, a sua boa senhora? Ou aquilo era uma forma de testar a sua fidelidade ao falecido rei?

– Claro que não! Quero que se livre dela, e é tudo – retrucou a rainha. – Por que outra razão eu perderia meu tempo com você?

Sem esperar resposta, ela continuou a lhe dar instruções, insistindo que as repetisse, até se assegurar de que não tinha mais dúvidas. Então, mandou-o erguer a mão e fazer um juramento: que cumpriria a missão que lhe fora confiada, que nunca falaria sobre isso a ninguém, que levaria o segredo para o túmulo, ainda que tentassem arrancá-lo sob tortura. Sem outra saída, o rapaz jurou, e mais uma vez a rainha sorriu, dizendo que o recompensaria por seus serviços. Recostou-se em suas almofadas e convocou o mordomo, a quem também deu instruções, enquanto o caçador refletia sobre o que ela o encarregara de fazer. Era completamente absurdo... Mas eram ordens da rainha.

Ele as repassou várias vezes até ficarem gravadas, não deixando espaço em seus pensamentos para questionar e erguendo os olhos já sombrios quando o mordomo anunciou a entrada de Sua Alteza Real. Era ela, então, que ele devia escoltar até a floresta para colher flores – ela, que jamais deveria regressar daquele passeio, e a quem ele podia... Hummm. Uma das coisas que não entendera bem fora aquela frase da rainha.

– Lembre-se: pode fazer tudo – repetiu ela, em voz baixa, enquanto a enteada se afastava a fim de buscar uma cesta para suas flores.

O caçador assentiu, mais confuso que nunca, e se afastou, seguido pela princesa, que temia mais a fúria de sua madrasta do que a companhia daquele bárbaro. Ela atravessou os portões ao seu lado, sem fugir, mas procurando manter uma pequena distância entre ambos. Parecia amedrontada, e o caçador se aproximou e pôs a mão em seu ombro, guiando-a para a trilha que se iniciava entre as árvores. Era a primeira vez, ao que se lembrava, que tocava no corpo de uma mulher, mas a sensação que poderia resultar disso estava encoberta pela piedade: ela era tão jovem e frágil, matá-la parecia tão errado quanto abater uma cria do último Outono.

– Levo o cesto – disse ele então, pois era a única maneira de ser gentil, e apesar do seu medo a princesa sorriu e recusou o favor. Já então tinha colhido um ou dois ramos de flores, as mais comuns, dos arbustos da orla, e começava a se interessar pelo que via ao seu redor. A rainha devia conhecê-la bem, ou não teria previsto o seu encantamento, a facilidade com que ela se deixaria levar, embrenhando-se cada vez mais na floresta, com a promessa de espécies mais raras e belas.

Assim, de descoberta em descoberta, passaram toda a manhã, e ao meio-dia se sentaram junto a uma fonte para beber e descansar. Não tinham levado nada para comer, mas acharam uma amoreira carregada de frutinhas; a princesa sorriu com lábios doces e manchados e pediu que o caçador a levasse para casa.

– Já andamos muito, estou cansada – disse, esforçando-se para encará-lo. Ele passara toda a manhã pensando no que fazer quando chegasse o momento. Seus dedos se moveram de leve, escorregando pela bainha da faca, enquanto os olhos se apertavam para calcular a marcha do Sol. Ainda era possível adiar o inevitável.

– Tem flores boas lá. Para lá – reforçou, apontando para uma vereda.

Um aldeão, acostumado a andar por ali recolhendo nozes e lenha, saberia que o caminho conduzia ao coração da floresta, mas a princesa não sabia, por isso concordou em acompanhar o caçador. Acharam flores, mas o rapaz afirmou que as mais belas estavam um pouco adiante, e assim pôde levá-la até bem perto da gruta onde costumava dormir. Pretendia ir ainda mais longe – o máximo possível, antes que anoitecesse –, mas a princesa se recusou a prosseguir além daquele ponto. Então o caçador respirou fundo, pensando, apesar do nó na garganta, que aquele era um lugar ótimo para enterrá-la depois de lhe tirar o coração.

– O que está esperando? Vamos – insistiu a moça.

O tom era altivo, mas sua boca e seu queixo estremeceram quando ela viu o rosto do caçador se encher de sombras. Seus olhos faiscaram quando ele empunhou a faca. Não tocou na princesa; apenas avançou um passo para cobrir os dela, que recuava, aterrada, movendo a cabeça com violência de um lado para o outro.

- Não. Não. Não – murmurou, recuando ainda mais. Quando ele tornou a avançar, ela se voltou e fugiu o mais depressa que pôde. O rapaz chegou a levar a mão à aljava, mas no momento seguinte largou a flecha e correu atrás da princesa, que alcançou depois de três ou quatro passos. Os dois rolaram juntos no chão, e a moça começou a gritar, batendo e chutando e por fim se agarrando com força aos ombros do caçador. Seu corpo tremia tanto que ele precisou embainhar a faca para não feri-la, usando depois as mãos para desprendê-la. Soluçando, a princesa implorou que a deixasse viver, e o caçador pensou que não faria mal esperar um pouco mais.

– Está bem, não chore, venha – disse ele, e a puxou pela mão até a entrada de sua gruta. Era uma caverna pequena e escura, impregnada do cheiro de peles amontoadas no fundo e sem nenhum conforto, mas a princesa entrou sem protestar, aliviada por ser deixada sozinha.

O caçador se detivera junto à entrada, procurando reunir suas ideias e coçando o queixo, onde a barba era mais espessa a cada estação. Vez por outra, olhava para a princesa, sentada sobre as peles com o rosto nas mãos; e então movia a cabeça e duvidava de si mesmo, angustiando-se por não saber o que fazer com ela, naquele exato momento, naquela noite, sem pensar nas consequências que viriam se o dia nascesse e ele não estivesse a caminho do castelo. Não chegaria antes do meio-dia se a mantivesse viva até o amanhecer. No entanto, pensou ele por fim, talvez não fosse preciso ir tão longe, lá para o fim da noite seria suficiente; se acreditasse que estava salva, ela dormiria um pouco, e assim o caçador poderia matá-la sem ter de vê-la chorar.

As coisas se tornaram mais claras à luz dessa nova ideia. Olhando para dentro da caverna, ele viu a moça ainda tremendo, junto à lareira coberta de cinzas frias, e soube imediatamente o que devia ser feito. Era preciso acender o fogo, pôr um pouco de carne para assar e oferecer água, enfim, o que fosse possível para criar uma ilusão de segurança. Talvez assim a princesa adormecesse, tornando tudo mais fácil para ambos. Morrer, mas morrer tranquila. Isso era o máximo que ele podia fazer por ela.

– Não toque em mim. Por favor – pediu a moça, quando o viu entrar. O caçador sorriu e lhe estendeu o cantil que mantinha suspenso do teto. A princesa recusou, ainda assustada. Ele voltou as costas e começou a trabalhar na lareira, juntando musgo e gravetos salvos do fogo da última noite. Embora não pudesse vê-la, mantinha os ouvidos atentos, mas a princesa permaneceu em silêncio, imóvel à exceção do tremor e de alguns calafrios. Seus olhos, quando ele se virou, acompanhavam-lhe os movimentos, e se mostraram aliviados ao ver que, depois de ter acendido o fogo, suas mãos não seguravam nada que ele pudesse usar para feri-la.

– Fome? – perguntou o caçador. Sem resposta, pôs no fogo um pedaço de carne, vasculhando depois um canto da gruta até encontrar a metade de um queijo que tinha vindo com seu último pagamento. O de hoje havia ficado esquecido na cozinha, o que era uma pena, pois as mulheres sempre punham em sua bolsa duas grandes broas, que talvez agradassem à princesa. Quanto ao queijo, parecia já estar meio duro, e por isso não foi nenhuma surpresa quando a moça se recusou a comê-lo. Durante todo o tempo, seus braços tinham estado cruzados e apertados junto ao corpo, e, pensando que ela podia ter frio, o caçador fez um sinal na direção das peles de dormir.

– Boa pele – disse, já aflito diante de tantas negativas. – Muito boa, quente. A noite é fria. Melhor se proteger.

– Quando você vai me deixar ir embora? – ela soltou de repente, como se houvesse passado muito tempo reunindo forças. Um silêncio seco caiu sobre ambos: o caçador não tinha o que dizer. Frios, os olhos dela o acompanharam em uma volta ao redor da gruta, viram-no coçar o queixo e o peito e esfregar as mãos; mas não houve nenhuma resposta, e quando ele se agachou diante dela, voltando as costas para virar a carne, a princesa se inclinou, sussurrando por entre os fios emaranhados do seu cabelo.

– Ainda quer me matar?

– Não. – Um bloco de gelo esfriou as costas do caçador: a resposta havia brotado tão espontânea que não podia ser mentira. Seus dedos tremiam enquanto cortava os pedaços de carne. Nunca estivera tão confuso como agora – e, no entanto, agora é que as coisas deveriam parecer mais claras, pois ele acabara de compreender que jamais quisera fazer aquilo. Mais ainda, compreendera que poderia deixar de fazê-lo, que tinha escolha, embora as consequências pudessem ser as piores. Era a primeira vez que questionava as ordens de alguém, e acontecera justamente com uma ordem dessas.

Zangado consigo mesmo, voltou sua raiva para a rainha, depois para a própria princesa, por tê-lo feito cair em si quando não tinha tempo para pensar. Não podia ter acreditado que estava tudo bem?

Não podia ter adormecido, para que ele cumprisse sua tarefa em paz?

– Coma alguma coisa. – A voz era ríspida, não deixando margem para uma nova recusa. – E beba também – acrescentou, vendo-a obedecer, e rápido, das duas vezes. Era outra razão para deixá-lo confuso, pois só obtivera negativas quando tentara ser gentil. Talvez estivesse conseguindo ganhar sua confiança, pensou. No entanto, sentia que ainda lhe causava medo, e teve uma boa prova disso quando, depois de terem partilhado a comida, a princesa se negou a deitar com ele na cama de peles.

– Não, isso não. Por favor. Tenha pena de mim – implorou ela, colando-se à parede da gruta, sem querer ouvi-lo explicar que deitados juntos sentiriam menos frio. Por fim, ele não só repartiu as peles como também arrumou as suas longe do fogo, no outro extremo da caverna, de onde ficou a observá-la com o olhar perplexo. A princesa se deitou logo, voltando as costas e se movendo como quem procura uma posição para dormir. Ótimo, que durma, assim não tenho que olhar em seus olhos, pensou ele, estendendo-se sobre as peles para esperar o momento.

Perto do fogo, a princesa permaneceu imóvel por um bom tempo, tão quieta que ele pensou que houvesse adormecido. Pouco depois, no entanto, o ruído de seu choro convulso começou a sair de entre as peles, a sair e a crescer e quase a explodir, embora ela fizesse o possível para abafá-lo. Incapaz de suportar aquilo, o caçador se agachou ao lado da cama improvisada, levantou a moça pelos ombros e a apertou contra si. A resistência foi muito fraca, e, depois de dizer não apenas uma vez, a princesa se agarrou a ele e continuou a chorar. A voz entrecortada, pediu de novo para não morrer, e o peito do caçador se encheu de uma dor incômoda ao compreender que não conseguira enganá-la.

– Não me mate, por favor, não me mate. – Ela se desprendeu dos ombros dele, agarrou-lhe as mãos. – Não faça o que ela disse. Ajude-me. Por favor, eu preciso da sua ajuda.

Suas lágrimas caíam sobre as mãos do rapaz, e o rosto que se erguia era belo, mas foram aquelas palavras que o fizeram voltar a sentir o calafrio. Ajuda, ela dissera? Que pedisse para viver, compreendia, pois era natural que estivesse com medo; mas queria a ajuda dele? Como, e para quê? O que poderia fazer por ela, *com* ela, se desobedecesse à rainha e a deixasse viver além desta noite? Com o cenho franzido, ele a olhou à luz do fogo, pequena e frágil e precisando de ajuda, e compreendeu que a sua vida nunca mais seria a mesma. Ela voltara a se deitar e deixava as lágrimas correrem, soluçando às vezes, evitando olhar para o rosto duro do caçador. Uma vez, a um soluço mais forte, a mão dele tocou de leve em seus cabelos, e a princesa se voltou com os lábios trêmulos e sussurrou:

– Se vou morrer, é melhor fazê-lo já.

– Não – respondeu o caçador, recuando para a sombra. – Durma, não tenha medo. Não vou sair daqui.

Mais uma vez, a princesa deu-lhe as costas, deixando-o entregue a si mesmo, às ideias que começavam a surgir em meio à confusão. Já sabia que não ia matá-la, e isso era um peso a menos nos ombros. O que se perguntava agora era o que devia fazer com ela, a quem a rainha certamente não esqueceria com facilidade. Se a visse de novo, de novo a mandaria matar, e talvez também a ele, por não cumprir suas ordens.

Assim, ele concluiu que o melhor seria não voltar ao castelo; que devia ir embora com a princesa e encontrar outra floresta onde pudessem viver. Como o fariam, isso não o preocupava: nem os melhores cães do reino seriam capazes de seguir o seu rastro, e nenhum bosque ou floresta, por mais pobre que fosse, o deixaria sem alimento. Levaria dois bons arcos e a aljava cheia, duas facas e o machado. Com o cantil para a água e as pedras de fazer fogo, seu lar poderia ser recomeçado, tão logo achasse um lugar seguro. Não precisava de mais nada a não ser uma ou duas peles de dormir, o suficiente para aquecer a princesa, que não possuía um manto tão bom quanto o seu.

A possibilidade de que a moça não quisesse segui-lo nem lhe passou pela cabeça. Fora ela que lhe pedira ajuda, e essa era a única que ele podia dar; deixá-la só na floresta seria o mesmo que matá-la de forma mais lenta. Para ele isso era tão claro que nem se preocupou em lhe contar seus planos, mas, ao contrário, olhou em torno, tentando encontrar na gruta algo que pudesse servir a ela durante a jornada. Para a cama, uma pele grande talvez pudesse bastar, e isso seria melhor para eles por causa do peso. Com o tempo, certamente, nem seria preciso se cobrir com o seu manto, pois a princesa deixaria de temê-lo, e se aqueceriam dormindo juntos, como ele havia pensado no início da noite. Se não fosse assim, logo teriam novas peles, e ele ia ensinar à moça como tratá-las, além de caçar e fazer fogo e todas as artes necessárias à vida na floresta. Assim, ela aprenderia a confiar em si mesma e também nele, seria alguém para ajudá-lo, uma companhia... Uma *companheira*.

Seu peito se encheu de calor quando chegou a essa conclusão. Dali em diante, já não teria que esperar pelas idas ao castelo; haveria alguém na floresta para falar com ele, talvez até mesmo rir e cantar. Por que não? Se as mulheres da cozinha riam, a princesa também poderia fazê-lo. Aliás, a companhia dele talvez até ajudasse, pensou o caçador, pois as mulheres riam sempre quando havia homens por perto. Ele se lembrava de uma das cozinheiras, na época em que o intendente mandou construir a nova despensa: ela se divertia o tempo todo, brincando e implicando com os carpinteiros. E havia a moça mais jovem, de pele muito branca como a da princesa, que fora tímida e calada, mas aprendera a rir quando o castelo recebeu a visita de um saltimbanco de barbicha preta. Passado o tempo das festas, o homem se fora, mas ela continuara alegre, parecia muito feliz vendo sua barriga crescer a cada Lua, e ria mais que nunca, tempos depois, ao brincar com a criança de olhos vivos que nascera na Primavera.

Uma criança...!

O pensamento o atingiu tão em cheio que suas orelhas se empinaram. Como os bichos da floresta, os homens e as mulheres tinham filhos; a princesa também os teria, e, uma vez que ele seria o seu companheiro, os filhos dela também seriam do caçador. A ideia era estonteante, mas ao mesmo tempo maravilhosa, e pela primeira vez ele se pôs a fazer planos para um futuro mais distante que a próxima estação. Esquecido de que a moça o temia, sem pensar em quanto tempo se passaria antes que ela o deixasse sequer chegar perto, já era capaz de imaginar a criança, talvez a primeira de muitas. Até que estivessem crescidas, ele ia cuidar delas, ia trazer carne e peles e defendê-las dos animais e das pessoas, repartiria com elas tudo que tivesse e ensinaria tudo que sabia. Existia uma palavra para isso – *pai* –, mas mesmo sem se lembrar dela o caçador se sentia feliz, orgulhoso por saber que protegeria as crianças muito melhor do que os homens do castelo. Era assim que devia ser.

O fogo crepitou baixinho, trazendo o rapaz de volta ao presente e ao problema da partida. Viajariam de madrugada e à luz das estrelas, apagando os rastros pelo caminho, e cruzariam o rio para confundir os cães de que, certamente, a rainha se serviria para encontrá-los. Precisariam andar depressa e sem parar, e isso lhe recordou as armadilhas que espalhara na floresta. Com toda a noite pela frente, podia muito bem ir conferi-las, e talvez conseguisse uns bons nacos de carne para a viagem. Teria tempo de sobra para assá-los enquanto a princesa descansava, a fim de aguentar melhor a longa jornada. Se ao menos dormisse de verdade, em vez de fingir!

– Escute – disse ele, aproximando-se das peles; a princesa não respondeu, mas sua respiração ficou ainda mais forte. – Escute, vou sair. Volto logo. Não tenha medo – acrescentou, vendo como os olhos dela se moviam sob as pálpebras cerradas. Sua pele gelou quando ele a tocou com as costas da mão. Na próxima noite, pensou o caçador, iria insistir para que deitassem juntos, para que se aquecessem com o calor do corpo do outro embaixo das peles. Até lá, sem dúvida ela teria compreendido que ele não ia matá-la e já não teria medo.

O pensamento o fez sorrir, acreditando ver a situação pelos olhos da moça: era natural que ela não o quisesse por perto, e que depois não pudesse dormir, assustada com a lembrança do caçador de rosto sombrio, com a faca desembainhada e prestes a matá-la. Tudo isso havia feito com que ela o temesse, mas já não tinha importância. Nada, no passado, devia ter importância. Agora eles eram companheiros e deviam pensar no futuro, no abrigo, no sustento para si mesmos e para os filhos que um dia viriam. E, sobretudo, tinham que pensar na segurança. Precisavam partir.

O caçador apressou o passo, desejando chegar o quanto antes ao fim da trilha. Não montava armadilhas todas as noites – na verdade, não gostava de fazê-lo, preferia rastrear e usar o arco –, mas aquela estação fora má para a caça, ele tivera dificuldade em conseguir o cervo e as perdizes que levara para a rainha, e as suas próprias reservas de carne defumada estavam no fim. Por isso decidira usar as armadilhas, o que acabara sendo uma sorte, pois não teria tempo de caçar enquanto não se pusessem a salvo. Era pouco provável que a princesa pudesse passar dias inteiros sem comer nem dormir, como ele era obrigado a fazer às vezes.

A sensação de ter feito a coisa certa cresceu ainda mais quando viu um galo silvestre, com o pescoço partido, no primeiro laço que armara. Ele o prendeu no cinto e prosseguiu, com o passo ainda mais rápido. A segunda e a terceira armadilhas estavam vazias, a quarta apanhara uma lebre, a quinta estava também vazia – e mais adiante, ele sentiu assim que deu o próximo passo, mais adiante havia cheiro de sangue, sangue e medo e morte envolvendo a luta entre duas raposas e um filhote de javali, que ficara preso sob um tronco derrubado na última chuva. Os dentes sôfregos das raposas tinham arrancado pedaços de carne do lombo e dos quartos traseiros do animal, que ainda assim se defendia, com as presas e as patas cobertas de sangue. Era a lei da natureza, mas apesar disso o caçador sentiu um aperto na garganta; depois de afugentar os atacantes, usou a faca para acabar com o sofrimento do animal, e então continuou a trabalhar, separando para si tudo que havia sido deixado de melhor. Tudo? Ainda não, pois faltava o fígado, que o caçador não demorou a retirar e devorar enquanto considerava o que sobrara do javali. As tripas não lhe interessavam, podiam ficar para as raposas; aquele outro pedaço de carne também seria delas; do fígado ele já dera cabo, mas o coração... O coração...

E de repente um tremor lhe percorreu a espinha, tão forte que chegou a sacudi-lo, tão intenso que ele teve que voltar ao princípio para entender sua própria ideia. Como prova de que o caçador cumprira suas ordens, a rainha o mandara levar o coração da princesa, e era por não tê-la matado que ele tinha de ir embora. Não estava nem um pouco arrependido disso – agora, chegava a sentir calafrios ao pensar em matar sua futura companheira –, mas reconhecia que, se pudessem ficar, a vida deles teria um início mais fácil. Se ele pudesse escondê-la ali mesmo, levando uma prova falsa...

Respiração suspensa, o rapaz pensou por um bom tempo, fitando o coração do javali. Era como o de um homem: disso ele sabia por já ter visto alguns mortos, ali mesmo na floresta, nos tempos da grande guerra. Além disso, fora retirado agora e tinha o cheiro recente do pavor e da morte. Um caçador saberia que era o de um javali e não o de uma princesa, mas e quanto à rainha? Ah! Ela não seria capaz de distingui-los!

A certeza veio tão forte que o caçador não conteve um grito de alegria. Se iludisse a rainha, já não teria que fugir, apenas esconder o fato de que a princesa ainda vivia. Isso não seria difícil, pois ninguém mais se aventurava na floresta; uns poucos lenhadores e camponeses andavam pela orla, mas só iam até o ponto em que as árvores se adensavam, ao passo que ele vivia num recanto bem mais profundo e isolado. Era o único caçador da rainha e podia continuar a sê-lo, e até a contar com o pão, o queijo e tudo o mais que era provido pelo castelo. Assim viveria como sempre até o fim dos seus dias – e, tendo ao lado a companheira e os filhos, mais feliz do que nunca.

A nova ideia lhe apressou os gestos. Já era tarde da noite, e quanto antes melhor para ter tudo terminado. Gostaria de se pôr a caminho de uma vez, mas a carne continuava a ser importante, e ele subiu por duas ou três vezes numa árvore para pendurar seu tesouro nos galhos, a salvo das raposas e de outros possíveis visitantes. O coração, embrulhou num pedaço de pele, que guardou com cuidado na bolsa de caça; lambeu o sangue dos dedos, olhou para a Lua e começou a andar. A caminhada longa e solitária teria dado a qualquer outro homem o tempo necessário para refletir sobre os riscos, mas o caçador ia tão embriagado com a ideia do futuro que nenhuma dúvida achou lugar em seus pensamentos. Em vez disso, pôs-se a cantarolar, e sua voz, indo de encontro aos sons da floresta, alvoroçava as aves noturnas, que esvoaçavam sobre sua cabeça num presságio do que estava por vir.

O amanhecer o encontrou junto aos portões do castelo. Eram os únicos que conhecia, as portas de madeira escura e apodrecida com o velho guarda a postos, e ele não hesitou em entrar por ali, embora hoje sua carga e sua missão fossem diferentes das de outras vezes. O sentinela o olhou com surpresa, pois nunca aparecera em dias consecutivos; chegou a pensar que era seu dever fazer-lhe perguntas, mas em seguida concluiu que estava velho demais para se dar ao trabalho e o deixou passar.

O caçador seguiu o percurso habitual, que levava à cozinha. Estava fazendo tudo como sempre, por isso esperava encontrar o mesmo ambiente, mas desta vez as mulheres estavam estranhas e não brincaram ao vê-lo aparecer. Olhavam-no como nunca antes, sérias, com olhos cheios de admiração e uma espécie de pena. Ele baixou a cabeça, embaraçado. As mulheres mais moças se entreolharam, depois foram voltando aos poucos a suas tarefas, já que não sabiam o que fazer. Foi a mais velha de todas que veio em seu socorro, pondo-lhe nas mãos a caneca de leite que lhe dava todas as vezes; ele se lembrou de que isso tinha lugar desde a sua infância e sorriu para a boa mulher.

– O que aconteceu? – perguntou, virando o leite de um só gole. A cozinheira suspirou e lhe passou às mãos um pedaço de pão com mel. Não respondeu à sua pergunta, apenas o mandou comer, e quando ele terminou ela bateu de leve em seu ombro e lhe disse para ir. Isso, ao menos, não lhe pareceu estranho, apesar da recepção que tivera: ele precisava mesmo ver a rainha, e era de esperar que estivessem todos avisados.

Na sala do espelho, o mordomo também não fez perguntas, embora tivesse aquele mesmo ar desalentado das moças da cozinha. Estava claro que o esperavam – e por isso a visão da rainha, passada a tapeçaria e aberta a última porta, não teve sobre ele qualquer efeito diferente do comum.

– Vejo que já está de volta – sibilou ela, e a porta se fechou sem que ninguém a tocasse. – E então? Onde está o que pedi?

Intimidado, o caçador estendeu a bolsa, que ela arrebatou de sua mão e examinou com ar feroz. Seus olhos brilharam quando viu o conteúdo: havia acreditado, e o rapaz deveria ter sentido alívio, não fosse o sorriso perverso nos lábios da rainha.

– Serviu-me muito bem – disse ela, num tom tão amável que lhe provocou um calafrio. – Fico-lhe grata, mas... Este é um segredo que deve ficar entre nós.

– Sim, claro – o caçador se apressou a jurar. Seu instinto, porém, gritava cada vez mais alto, e ele recuou ao ver a rainha soprar um apito que retirara de entre os seios. Num piscar de olhos, duas portas se abriram nas paredes, e dois homens enormes, com olhos vidrados como os dos mortos, saíram de cada uma delas e agarraram o caçador pelas pernas e braços.

– Senhora, não! Não! – arquejou ele, mas uma mão de ferro lhe apertou o pescoço, impedindo-o de falar e de reagir. Na verdade, nem saberia como, pois já lutara com ursos e com cães, mas nunca com homens, e aqueles eram muito fortes e pareciam não ouvir nada além da voz da rainha. Ela estava de pé diante dele, com os braços cruzados e um olhar de triunfo, e esperou até que o aperto na garganta o fizesse cair de joelhos antes de dizer aos guardas:

– Levem-no para o esquecimento. Os cães vão gostar dele, quando acabar. Esse é o melhor jeito de guardar um segredo, meu fiel caçador! – zombou ainda, quando ele já havia tombado sem sentidos dentro de um pesadelo.

Os guardas o arrastaram por recantos do castelo que ele nunca chegaria a ver, salas varridas por lufadas de vento onde dançavam esqueletos pendentes e escadas cobertas de escorpiões. Durante todo o percurso, seu corpo foi batendo nos degraus e nas portas. Logo estava coberto de marcas roxas, o cabelo e as roupas encharcados de água lamacenta. Depois de muito andarem, atiraram-no em uma abertura no chão, que fecharam com uma porta gradeada. Era uma cela subterrânea, onde, momentos depois, ele acordou com um berro, sentindo os dentes de uma ratazana enterrados na carne do seu braço.

O caçador arrancou o animal e o atirou contra a parede, depois se ergueu com um salto e se agarrou às grades, gritando, com toda a força que tinha, que o tirassem dali. Ninguém atendeu; ele compreendeu que era inútil e saltou para o chão a fim de pensar na fuga. No fundo de sua mente havia outras preocupações – a princesa, a gruta, a carne –, e também outros sentimentos, sendo o mais forte o ódio pela rainha; mas não podia perder tempo com nada disso, e assim começou a rastejar pela cela e a apalpar os cantos, buscando uma possível saída. Enxergava muito bem no escuro, pelo que podia evitar os ratos, e até conseguiu matar uma dezena deles, que atirou num canto, sobre os ossos de um esqueleto desmantelado.

Devagar, passou as mãos ao longo de todas as paredes, procurando uma pedra solta ou ao menos uma fresta. Estava chegando ao fim quando uma voz aflita se ergueu do outro lado da parede, e ele saltou de novo para a abertura e encostou o rosto às grades para ver o que se passava.

Havia outro cubículo ao lado do seu – era o que podia deduzir –, e na cela estava um prisioneiro, do qual só era visível um braço muito branco, passado por entre as grades e estendido na direção de um pedaço de broa já duro e roído de ratos. Raspava o chão com os dedos, procurando agarrar a comida, mas esta fora colocada a uma distância minúscula, cruelmente calculada, do seu ponto máximo de alcance. A cada tentativa falhada, o prisioneiro soltava um grito lamentoso, que fazia crescer no caçador o impulso de ajudá-lo, fosse como fosse, ainda que só com uma palavra ou um gesto. Assim, estendeu também o braço para fora, procurando, esforçando-se, quase conseguindo alcançar o pão, sem notar que o lamento do outro prisioneiro se transformara numa torrente de insultos, que ele o acusava de tentar roubar sua comida e que chamava pelos guardas, não para que o tirassem dali, mas para que pusessem fim ao seu inesperado competidor.

A distância acabou por se mostrar grande demais, e o caçador voltou para baixo, agoniado com sua situação e com o lamento do outro homem nos ouvidos. Preciso fazê-lo parar, pensou, pois o som das queixas martelava sua cabeça com tanta força que o impedia de explorar as paredes. Por fim, pensando que isso seria melhor que nada, resolveu atirar um dos ratos pela grade, na direção da cela vizinha; mas a visão do esqueleto, sobre o qual jogara os animais mortos, lhe deu uma ideia bem mais satisfatória. Ele agarrou um osso comprido, saltou de novo para a grade e, com uma pancada certeira, aproximou a broa da mão do outro homem, que a recolheu com espantosa rapidez. E por uns momentos não houve mais queixas, nem som algum exceto os de uma mastigação apressada e selvagem.

O caçador voltou a apalpar as paredes em busca de falhas. Num canto, perto do esqueleto, parecia haver uma pedra meio solta, e, batendo com o osso, ele começou a limpar a terra à sua volta. Chegava-lhe ao nariz um leve cheiro de chuva, ao qual não prestou atenção, ocupado em verificar suas possibilidades. Os ratos haviam deixado de importuná-lo, e ele se entregou pacientemente à tarefa até que, a um movimento mais brusco, o osso se quebrou em suas mãos. Quase ao mesmo tempo, a chuva começou a cair, pingos grossos e cada vez mais pesados que batiam contra as grades, embebiam-se no chão ao nível da abertura e transformavam o cubículo num charco de terra e lama.

Pouco depois, a camada de barro acumulado sobre a parede se rachou, e a cela foi invadida por um jato d'água que logo subiu de nível, chegando às botas e aos joelhos e ameaçando atingir a cintura do caçador. A pedra que procurava deslocar ficou fora de alcance; ele empunhou um segundo osso a fim de afastar os ratos, voltou a pensar na princesa e se sentiu horrivelmente infeliz.

Como seria de se esperar naquela estação, a chuva demorou a passar, e em vários momentos se transformou num verdadeiro aguaceiro. O caçador se manteve agarrado às grades, deixando a torrente lhe descer pelo peito abaixo e respirando através do véu branco da chuva. Esperava que o outro prisioneiro fizesse o mesmo, mas não conseguia vê-lo nem ouvi-lo, e quando a água baixou os seus lamentos tinham sido completamente silenciados. O caçador gritou por ele várias vezes e, não obtendo resposta, concluiu que havia morrido. Ele mesmo se sentia tão fraco que, tão logo pôde, enroscou-se para dormir no chão lamacento, sem fazer caso do frio nem dos ratos, nem se importando em esquadrinhar mais uma vez as paredes.

O cansaço era tanto que o manteve adormecido por um longo tempo. Teria sido ainda maior, não fosse um rato mais faminto, ou mais atrevido, que lhe mordeu a mão. Ele acordou com um rugido de dor e raiva e atirou o animal contra as pedras; e foi então que seus olhos esbarraram em algo inesperado.

Pouco adiante, bem junto ao chão, apontava a cabeça de outro rato. Não era um dos que estavam antes na cela, só entrara depois de a água haver baixado, usando um túnel que, sem dúvida, ia dar em algum lugar lá fora. Devia ser um túnel estreito – talvez nele só coubesse o rato –, mas poderia ser alargado, e quando compreendeu isso o caçador se ergueu de um salto, gritando com a pura alegria de saber que poderia escapar.

O caminho era muito mais fácil do que pensara a princípio. Não precisava deslocar as pedras, apenas alargar o túnel, começando pela fenda que se abrira com a força da água e permitira o esvaziamento da cela e a passagem de novos roedores. Era só isso, nada mais: alargar, cavar. Ele procurou entre os ossos do esqueleto o que melhor servia como ferramenta e se pôs a trabalhar, arrancando blocos de terra que jogava para trás, não perdendo um momento sequer para pensar no que aconteceria se abaixo dele houvesse mais pedra, se saísse numa cela tão úmida e abafada quanto aquela ou se fosse dar no salão de festas da rainha.

O trabalho avançava devagar, mas o caçador não se deixou abater, nem pela fome, nem pelo cansaço, nem mesmo pelo desabamento de terra que quase o sepultou no caminho da fuga. A passagem inicial se fechou com os primeiros golpes, mas ele estava confiante em que encontraria a saída, o que acabou por acontecer depois de algum tempo. Quanto, exatamente, era impossível saber, mas as suas unhas – aquelas que não se tinham quebrado – estavam mais longas que no início, e se cravaram com força no solo, na saída do túnel, para ajudá-lo a erguer o corpo sujo e ferido e se arrastar para a luz do dia.

Por um momento, ao emergir, duvidou do que via. O céu, as árvores e o próprio campo pareciam muito brilhantes, e o vento soprava tão forte que o deixava tonto. Ele se sentou à sombra de uma árvore, tentando recuperar as forças, e repassou os últimos acontecimentos, avançando de volta pelo túnel e pelo subterrâneo. Tinha havido a enchente, aqueles momentos terríveis que acabaram por ser a sua salvação. Antes disso, ele empurrara o pedaço de broa para o outro prisioneiro, e antes ainda fora agarrado pelos guardas de olhar vidrado, cuja lembrança lhe dava calafrios.

E no início de tudo estava a rainha. Sim, isso mesmo, tinha ido ver a rainha, e ela decidira que ele devia morrer após cumprir as suas ordens, entregando-lhe a bolsa com o coração. O coração era o de um javali, que ele havia encontrado nas armadilhas, antes de deixar a floresta. E precisava deixá-la para proteger sua companheira... A princesa.

Agora, finalmente, o caçador se lembrava de tudo, e era fácil supor que muito tempo devia ter se passado. De outra forma não caberiam ali tantos episódios. Isso o deixou tão alarmado que se levantou às pressas, esquecendo-se de todo o cansaço para correr em direção à gruta. Avançava cegamente, como um louco, embora tivesse quase certeza de que não encontraria a moça. Depois de esperar por um ou dois dias, ela devia ter ido procurá-lo, ou procurar alguma coisa para comer, e não conseguiria achar sozinha o caminho de volta. No entanto, o que quer que houvesse acontecido, ela ainda devia estar na floresta, e a gruta onde a tinha deixado era o lugar mais indicado para iniciar a busca.

O caçador não pensou no que viria depois. Cada fração das suas forças estava ocupada em chegar à princesa; quando alcançou a gruta e a achou vazia, não se preocupou com mais nada a não ser descobrir seus rastros. Logo de início, viu que ela não tardara a sair, que partira antes da chuva, sem tocar em nada e sem nem mesmo levar seu cesto de flores. Suas pegadas estavam apagadas aqui e ali, seu cheiro desaparecera, mas ainda se podia ver a trilha deixada em sua passagem. Assim, seguindo ramos quebrados, passando por formigueiros desfeitos e rastros interrompidos de gamos e lebres, o caçador caminhou noite adentro, refrescando a pele e os lábios com o orvalho da aurora.

Era tarde outra vez quando chegou ao fim do seu território e entrou numa parte quase desconhecida da floresta, perto da montanha que, por alguma razão, sempre havia preferido evitar. Nas estações em que a caça rareava, acontecera-lhe rastrear por ali, mas, para seu alívio, as presas sempre tomavam outro rumo. Nem elas, nem o caçador tinham chegado sequer ao sopé da montanha, por isso ele tinha a esperança de que a princesa também houvesse dado meia-volta, regressando às trilhas que ele conhecia e onde se sentia mais seguro. No entanto, os sinais de sua passagem se tornavam mais visíveis justamente a partir dali; e quando, ao tocar o mato espesso da encosta, o caçador voltou a sentir seu cheiro, esqueceu-se de tudo o mais para subir à procura dela.

Foi vencendo a encosta íngreme sem hesitar, as botas rotas deslocando pedras, as mãos procurando saliências onde se apoiar e impulsionar o corpo para cima, sentindo cada vez mais forte a presença da princesa. Quase no topo, entretanto, percebeu que esse aroma era apenas a nota central de um cheiro mais forte: a moça estava do outro lado da montanha, porém não sozinha. Isso o fez subir mais rápido ainda, alarmado com a ideia de que alguém havia encontrado a princesa e podia estar lhe fazendo mal.

Ao começar a descida, ele reduziu um pouco o ritmo, tentando se esconder por trás dos arbustos e olhando para todos os lados na tentativa de avistar alguém. Os cheiros, agora, estavam mais nítidos: podia distinguir o da princesa, o de um homem – disfarçado por um perfume enjoativo de flores – e ainda um terceiro odor, que continuava indefinido, mas que, de alguma forma, lembrava as pedras e o eco de solidão no interior da montanha. Inquieto, o caçador se abaixou para dar os últimos passos, espreitando por trás de uma rocha o provável inimigo; mas aquilo que viu, e que quase o fez gritar de surpresa, não poderia ter feito mal, nem à moça, nem a ninguém.

Eram criaturas parecidas com homens, todas usando gorros e longas barbas, mas sua altura era pouco maior que a de uma criança. Havia vários deles, mais que os dedos de uma das suas mãos, reunidos numa clareira, ao lado de uma grande caixa que parecia coberta por vidro. A princesa também estava ali, mas não ameaçada como o caçador havia receado, e sim radiante de alegria enquanto se abaixava e abraçava cada uma das criaturas.

Um sorriso passou pelo rosto do caçador – afinal, ela estava em segurança –, mas o gesto que começava a esboçar, de erguer a mão e chamá-los e se juntar a eles, se interrompeu quando o homem, cujo cheiro lhe chegara no ar junto com a onda de perfume, surgiu inesperadamente de entre as árvores. Com seu gorro emplumado e o manto vistoso, ele se colocou ao lado da princesa, e em seus gestos havia tal segurança que ao caçador só restou ficar imóvel no lugar onde estava.

Seus dedos se cravaram na rocha enquanto assistia ao desenrolar da cena. Um a um, o homem cumprimentou os anões, depois se acomodou sobre a sela de um cavalo, de onde estendeu a mão para ajudar a princesa. Tudo isso o caçador presenciou com uma dor crescendo no peito, incapaz de agir fosse como fosse, mas sabendo, como nunca antes soubera qualquer outra coisa, que aquilo estava errado, que aquela moça era sua companheira e que não podia deixá-la partir assim.

Olhos apertados, ele fitou o homem sobre a sela. Era tão frágil quanto a princesa, vestido com roupas finas que pareciam ridículas na floresta, e o caçador poderia parti-lo em pedaços com um único tapa. Apesar disso, era tão cheio de si que se fazia digno de pena; e talvez tenha sido justamente isso que prendeu o caçador ao seu esconderijo de rochas, deixando que o homem levasse a princesa de volta ao mundo ao qual pertenciam os dois.

Despreocupados e leves, eles gritaram um último adeus para as sete figuras paradas na clareira, acenando com seus gorros enquanto a montanha se enchia de uma terrível tristeza. O caçador fugiu dali tão logo conseguiu se mover, subindo e correndo sem ver onde tocavam seus pés, olhando para diante, mas sem ver, como fazem os animais feridos e acuados. A floresta já não era sua, tampouco os pensamentos, tomados pela dor e pelo desejo de ir para muito longe. Já não lhe importava onde seus pés o levariam. Tinha de fugir do lugar onde outro homem começava a viver a sua história.

# O ALDEÃO

Quanto pode alguém caminhar sem destino até que os pés se recusem ao próximo passo? E quanto tempo leva o coração para cicatrizar?

O caçador não tinha como saber, mas, pelo cheiro do ar e pelo canto dos pássaros, diria que ainda era Primavera quando começou a se perguntar onde estava indo. Não tinha nenhum plano a respeito do futuro – o que imaginara, o seu único sonho, havia se revelado impossível –, mas à medida que os dias passavam foi ficando inquieto, pois sempre agira de acordo com a vida que levava como servo, e esta havia sido deixada irremediavelmente para trás. Continuava a caminhar entre florestas e bosques, como antes, mas as coisas que fazia não eram as mesmas. De repente, estava livre da obrigação de levar caça para o castelo; já não se preocupava em conseguir provisões para o Inverno nem antecipava o encontro com as mulheres na cozinha. Vagueando sem destino, com o arco e as flechas rústicas que pudera improvisar sem ferramentas, bastava que conseguisse comida para o dia seguinte, e sua existência começou a perder o sentido. Era preciso se ocupar – e, dessa vez, com algo que fosse realmente seu.

A primeira coisa que lhe ocorreu foi voltar a ter um lugar onde se recolher entre as caçadas. Os pequenos animais que abatia, mais algumas bagas e raízes que achava ao longo das trilhas, asseguravam-lhe o sustento; o abrigo era o próximo passo para reconstruir sua vida e fazer dele a criatura feliz que havia sido antes. Porque *havia* sido feliz antes de conhecer a princesa, feliz à maneira simples e sábia dos filhos da floresta, e não havia razão para não voltar a sê-lo. Só precisava voltar sua atenção para um novo objetivo.

Procurando uma gruta, ele percorreu toda a floresta, contornou uma colina e se embrenhou novamente entre as árvores. Mais de uma vez pensou em erguer uma choupana, como as que se encostavam à muralha do castelo, mas, como nunca fizera esse tipo de trabalho, acabava deixando a ideia de lado e prosseguia em busca de uma casa emprestada pela floresta. Por fim, encontrou uma pequena caverna, que podia servir na falta de algo melhor. Marcou o local na memória e seguiu viagem, em parte porque podia achar um teto mais adequado, em parte porque era Verão, e nada nessa estação lhe dava mais prazer do que acompanhar as viagens dos animais que caçava.

Dormindo ao relento ou ao abrigo de uma rocha, parando um dia aqui e outro ali para raspar peles e estendê-las em armações, foi seguindo a manada de cervos que cruzava a floresta, ao longo de um rio onde apanhava peixes com flechas e muitas vezes com as mãos nuas. Tinha agora um aspecto mais selvagem que nunca, mas o rosto que via refletido na água era alegre e, pela primeira vez, chegava realmente a lhe agradar. Nunca tivera o hábito de observar a si mesmo, e essa brincadeira, descoberta por acaso quando pescava, divertiu-o durante todo um quarto de Lua. Deixou de se enxergar tão bem quando as noites se tornaram mais negras; mas foi numa dessas noites que, ao procurar os traços do seu rosto na superfície trêmula do rio, as botas vieram parar às suas mãos.

A princípio, o caçador pensou que a sombra escura fosse a de um peixe, talvez já morto ou prestes a morrer, pela forma como flutuava à flor das águas. Com cautela, esticando-se por sobre a sombra, deu um golpe rápido com a mão, atirando a presa para o ar a fim de apará-la nos braços. No instante seguinte reconheceu o objeto, que descreveu uma curva entre as cintilações das gotas d'água antes de lhe bater contra o peito: não era peixe nenhum, mas um bonito par de botas de couro. E não eram botas simples, como as que os aldeões usavam, e sim daquelas elegantes que o caçador só tinha visto em raras ocasiões. Uma delas fora na partida da princesa – o homem que a levara tinha botas assim –, mas estas não traziam o seu cheiro, e aquilo tudo se passara muito tempo atrás, e o caçador estava tão fascinado com o que encontrara que nem se lembrou do episódio.

Emborcando os calçados para esvaziá-los, ele saiu do rio, contente a mais não poder, porque aquilo lhe seria muito útil. Tinha andado descalço a maior parte da estação, mas precisaria se agasalhar mais a partir do Outono, e a ideia de um belo par de botas já pronto fazia-o sorrir de prazer. Isso, é claro, se elas coubessem nos seus pés – e o fato de parecerem grandes o suficiente foi a menos estranha de todas as coisas que aconteceriam a partir dali.

O caçador havia improvisado um abrigo com ramos, à frente do qual pendurou as botas para que secassem. Deitado, sentia o cheiro longínquo que vinha delas, e pela primeira vez em muito tempo dormiu mal, sonhando com gatos e ratos e com machados de gume afiado. Quando o dia amanheceu, despertou com um grito, os olhos muito abertos no esforço de voltar à floresta. Seu último sonho fora terrível: ele vira sete meninas degoladas na cama, os rostos delas eram inocentes e ele não pudera ir em seu socorro.

Angustiado, ele se esgueirou para fora do abrigo, ocupando-se das pequenas coisas da manhã para se tranquilizar antes de ir ver as botas. Haviam secado muito bem com o vento, e agora tinham um aspecto macio e flexível. O caçador pegou uma, sentindo a textura do couro com os dedos, e lentamente o sorriso de prazer retornou a seus lábios. Hum, eram mesmo bonitas, e mais resistentes do que ele pensara. Não eram quentes o suficiente para o Inverno, mas talvez durassem todo o Outono. Quem sabe até mais, se os seus pés não crescessem como de costume entre as estações.

Devagar, ele foi calçando um dos pés, e seu sorriso se alargou ao constatar que a bota lhe servia como se tivesse sido feita sob medida. Ajustado esse, o segundo pé foi bem mais rápido; o caçador soltou um brado de triunfo e avançou, dando um primeiro passo com seu novo e belo calçado.

A sensação foi a mais estranha que já tivera. Foi como se a sua perna se alongasse demasiado, e depois dela a cintura e os quadris, e a outra perna, levando a segunda bota. O rapaz se sentiu como que deslocado do seu eixo e lutou para se manter de pé. Assim, deu-se o segundo passo, e com ele tudo ao seu redor sumiu numa espécie de clarão.

Quando, enjoado e assustado, tornou a se equilibrar, decidido a nunca mais calçar aquelas botas por melhores que fossem, a floresta havia desaparecido, com as árvores, o rio e o abrigo repleto de peles que vinha guardando para o Inverno. Em seu lugar estava agora uma praça onde se comprimiam centenas de pessoas, e à volta da praça muitas casas altas com ainda mais pessoas às janelas, e havia tanta gente aglomerada e o vozerio era tão alto que ele não foi capaz de ouvir as suas próprias exclamações de surpresa.

Saltando para fora das botas – e nem se preocupou em pensar como se livrara tão facilmente delas –, o caçador avançou alguns passos, mas logo tropeçou num grupo de homens. Estes uniram forças e o empurraram para um lado, de onde novamente foi expulso por mulheres que gritavam, pulando, pescoços esticados como os dos gansos, no esforço de ver o que acontecia em meio à multidão. Era muita gente estranha, muitas vozes, muitos cheiros, e só isso já teria bastado para deixá-lo completamente tonto; mas, mesmo atordoado e assustado, o caçador também acabou por olhar para a frente, valendo-se de sua estatura para ver o que os outros tentavam enxergar a todo custo.

Por fim, o alvo da curiosidade se revelou na figura de um homem, gordo, calvo e completamente nu. Carregando um bastão curto, todo dourado, com um adorno de metal sobre a cabeça e anéis nos dedos, ele caminhava a passos lentos por um espaço aberto em meio à multidão. Muitas pessoas tentavam avançar para tocá-lo, mas eram impedidas por soldados que, empunhando lanças e alabardas, empurravam os curiosos para trás sob a ameaça de pancadas. No entanto, o olhar desses guardas parecia tão chocado quanto o dos demais. O que será que estão fazendo, pensou o caçador, mas antes que tivesse tempo de entender uma voz gritou às suas costas:

– O rei está nu!

No instante seguinte, o vozerio aumentou de forma assustadora. Pelo menos duas dezenas de pessoas conseguiram quebrar a barreira e chegar até o homem gordo, que gritava, desesperado, procurando se cobrir com as mãos. Brigas rebentaram em vários pontos da multidão, e o caçador não tardou a ser atingido por um soco. O impacto despertou seu instinto de defesa, e ele desferiu por sua vez uma saraivada de golpes, tomado de um furor crescente. Ao mesmo tempo, sem perceber, ia abrindo caminho para fora do círculo: uma direção ditada por outro instinto, não menos útil, o de fuga.

Por fim, depois de um bom tempo de refrega, vislumbrou a praça aberta diante de seus olhos, a rua estreita separada dele por alguns passos apenas. Restava ainda um obstáculo, uma dúzia de homens que lutavam engalfinhados no chão, e, como fosse gente demais para que pudesse saltar por cima deles, o caçador não viu solução senão tirá-los do seu caminho. Pelos ombros, pelos pés, pelos cabelos, arrancou-os um a um da massa de corpos, atirou-os para os lados e para trás de si, e teria atirado até a última pessoa se esta – um menino apavorado, com a boca sangrando e a roupa em farrapos – não se agarrasse às suas pernas, encostando o rosto em seus joelhos e se desfazendo em soluços.

– Obrigado, muito obrigado – dizia, sem que o caçador entendesse por quê. Logo em seguida, um casal de velhos, surgido de algum lugar na multidão, ajoelhou-se aos seus pés dizendo a mesma coisa, enquanto um rapaz se aproximava deles, esfregando o queixo onde tinha acabado de levar uma enorme pancada.

– Sempre achei que o rei era doido, não me admiro nada com isso – disse ele, abaixando-se para examinar o rosto do menino. – Acertaram em cheio, não foi, irmãozinho? Os olhos já estão começando a ficar roxos.

– É um louco – resmungou o velho. – Dizer aquilo do rei. Não viu que iam lhe cair em cima?

A voz era de zanga, mas ao mesmo tempo ele afagava os ombros do menino, e o caçador pensou consigo mesmo que estava tudo bem. Teria ido embora se o rapaz não apertasse com força as suas mãos.

– Temos que lhe agradecer mil vezes – disse ele. – Se não tivesse ajudado, teriam dado cabo do garoto. Diga, o que podemos fazer por você? Não somos ricos, mas temos que recompensá-lo nem que seja com um bom almoço. Não acha, mãe?

– Pode comer à nossa mesa até o fim da vida – disse a velha, olhando-o com gratidão; e por alguma razão o seu olhar fez doer a garganta do caçador, e todo o seu instinto de fuga se converteu em uma inexplicável vontade de ficar.

Levaram-no para uma casa de madeira, numa rua onde se alinhavam muitas construções estreitas, cada uma tendo uma tabuleta com desenhos sobre a porta e montes de esterco escrupulosamente varridos para baixo das janelas. Sentado à mesa, durante o almoço que partilhou com a família, o caçador podia sentir o cheiro persistente, que no entanto não o impediu de esvaziar quatro pratos de sopa e de devorar vários nacos de pão e de toucinho. Apesar de pouco acostumado à companhia de pessoas, estava gostando dali, talvez mais do que gostava da cozinha do castelo: nesta casa não havia todo aquele bando de mulheres, o único cheiro perturbador era o do esterco, e mesmo assim ele podia ouvir o som de uma voz humana.

De fato, nesse primeiro dia, houve uma única voz. O casal de velhos conversava pouco, e o menino parecia abatido demais para isso, mas em compensação o rapaz falava por todos eles, e apesar de não entender muitas palavras o caçador estava encantado em poder escutá-lo. Ao longo da refeição, ele ficou sabendo tudo a respeito da nova roupa do rei, e depois foi informado sobre a origem e a história daquela família; quando finalmente chegou a sua vez, tudo que soube dizer foi que tinha vindo da floresta. Havia mais imagens em sua memória – o castelo, a masmorra, os cabelos negros da princesa –, mas não conseguia falar de nada disso, e o jovem não insistiu. Parecia satisfeito com uma companhia que se limitava a ouvi-lo. A conversa se prolongou até depois do almoço, quando os dois deixaram a mesa e se instalaram numa sala estreita, atulhada até o teto de panos e retalhos. Ali, pegando uma tesoura e um rolo de tecido grosseiro, o rapaz anunciou:

– Vou fazer uma camisa digna de um príncipe.

Como das outras vezes, o caçador assentiu, deixando-o falar e trabalhar durante metade da tarde. Quando a camisa ficou pronta, o rapaz passou a costurar um par de calças, num pano ainda mais grosso e resistente. Ao terminá-las, insistiu para que o caçador as vestisse, dizendo, sem modéstia, que tinha certeza de que lhe cairiam muitíssimo bem.

– Fique com elas, merece muito mais que isso, salvou a vida do meu irmão – disse, pondo-lhe as mãos sobre os ombros. – E já que não tem para onde ir, fique conosco. Trabalho é o que não vai faltar para um sujeito tão forte.

Suas palavras pareciam sinceras, e o próprio som de sua voz era um apelo tão forte que o caçador acabou por dizer sim. Pouco mais tarde, vestia orgulhosamente as roupas novas, pelas quais toda a família o elogiou ao se reunirem para o jantar. Seus pés, no entanto, continuavam descalços, e conservava seu velho cinto de couro, impregnado com o cheiro vivo da floresta e não com o dos animais que ruminavam nos estábulos à espera da morte.

Na manhã seguinte, o alfaiate o apresentou a um dos vizinhos, um pedreiro, que sabia de um lugar onde precisavam de homens fortes para quebrar pedras e vez por outra serrar toras de madeira. Durante todo o resto do Verão o caçador trabalhou do nascer ao pôr do Sol, o que, se não lhe fez bolhas ou calos nas mãos já rijas, logo o deixou cansado pela monotonia. No princípio os companheiros tentaram alguma camaradagem, mas logo começaram a achá-lo estranho e a deixá-lo de lado, e em breve se sentia quase tão sozinho como antes. Apesar disso, o contato mais frequente com outras pessoas teve efeito sobre ele; no início do Outono, conseguia entender bem melhor o que lhe diziam, e até puxava conversa algumas vezes, principalmente com os membros da família que o acolhera e com quem continuava a viver.

Ele era mais que um hóspede da casa, menos que um parente. Conforme lhe tinham dito para fazer, entregava à velha três das quatro moedas que lhe davam todos os dias na pedreira; dormia sobre um monte de palha limpa na cozinha, tinha abrigo certo e refeições quentes e se sentiu feliz nos primeiros tempos. Mais do que qualquer outra coisa, sentia-se grato pela amizade do alfaiate, que sempre conversava com ele, convidava-o para ir à taverna e o deixava pagar copos de cerveja para ele e seus camaradas. Dessa parte da sua amizade, porém, o caçador logo passou a gostar menos, pois o alfaiate dizia e fazia coisas sem sentido toda vez que bebia, obrigando o companheiro a grandes esforços para tirá-lo dali e levá-lo para casa. Além disso, ter que pagar a bebida privava-o das moedas restantes, e ele queria juntá-las para comprar as botas de que precisaria para atravessar o Outono e o Inverno. No mercado, onde vira um par que lhe parecera resistente, haviam-lhe pedido duas moedas para cada dedo das duas mãos, e quando o tempo começou a esfriar ainda não tinha chegado à metade. Se continuasse assim, só teria as botas quando o Outono estivesse avançado. Por isso, não viu outra solução senão recusar o convite do alfaiate para ir à taverna, explicando-lhe a situação da melhor maneira que pôde.

Esse foi o estopim da primeira briga que tiveram, pois o alfaiate duvidou de que um simples par de botas custasse tanto e acusou o amigo de mentir para se negar a acompanhá-lo. Mesmo assim, o caçador persistiu na sua recusa, fazendo-o sair furioso e voltar no início da madrugada, dirigindo-lhe, pela primeira vez, os seus insultos de bêbado. Continuava assim na manhã seguinte, e o caçador trabalhou durante todo o dia com medo de que aquela situação durasse para sempre. No entanto, estavam todos muito alegres em casa quando ele regressou da pedreira, e logo o seu amigo apareceu também a assobiar, estendendo-lhe, com um gesto triunfante, o par de botas que acabara de comprar no mercado.

– Aqui estão, são suas – disse, no tom vaidoso que lhe era habitual. – Tenho certeza de que servem e estão quase novas. E só paguei por elas umas míseras três moedas.

Disse, e ficou de peito inchado à espera de um agradecimento; mas o caçador não estava certo de poder agradecer por aquilo, e foi ficando cada vez menos seguro à medida que examinava as botas. Cabiam em seus pés, sim, mas o couro era ordinário e estava muito gasto, com esfoladuras que logo se tornariam buracos e deixariam os dedos expostos à chuva e à lama do Outono. As três moedas que o alfaiate dizia ter dado por elas eram dinheiro mal empregado, que ele restituiu sem sorrir, decepcionado até o fundo da alma. Aquilo não era nada comparado ao que passara junto à rainha, porém era a primeira vez que ficava triste com o seu amigo, a primeira suspeita de que talvez o alfaiate não desejasse sempre o melhor para ele.

E, muito pior, a primeira ponta de consciência de que aquilo acontecera desde o princípio e iria continuar a acontecer.

Foi quando começou a ter vontade de partir, ou talvez a perceber que sempre a tivera, embora o convívio com outras pessoas o tivesse deslumbrado. A ilusão iria durar por mais algum tempo, até que nada restasse e ele pudesse seguir o seu caminho. Os sinais de impaciência, que haveriam de levá-lo de volta à floresta, já se manifestavam dentro dele, e em seus gestos voltava a haver muito do caçador que começava nessa época a abastecer sua gruta para o Inverno.

Quando os dias ficaram mais curtos, o trabalho na pedreira acabando mais cedo por falta de claridade, ele começou a dar passeios cada vez mais longos. No início caminhava na cidade, depois nos campos à sua volta, e por fim se aventurou além da orla do bosque, o qual, percebeu com tristeza, estava em grande parte devastado. As árvores tinham sido cortadas para obter madeira; segundo o alfaiate, os poucos animais que restavam não podiam ser caçados por conta de uma lei que um arauto lera na praça, ainda os velhos pais eram jovens e a cidade pouco mais do que uma aldeia acanhada.

Agora toda a caça pertencia ao rei, e ao povo só restava comer a carne dos animais criados nos pastos, nos estábulos e nas pocilgas que ficavam por detrás das casas. Também havia bancas no mercado que vendiam carne, mas um pedaço custava um bom número de moedas e muitas vezes exalava um cheiro podre que deveria afastar qualquer possível comprador. A única opção era o toucinho, que ao menos lembrava um pouco a carne defumada de suas reservas de Inverno, mas esse era servido com parcimônia na casa do alfaiate. Ainda que as porções fossem mais generosas, nunca seriam o bastante para alimentar um rapagão acostumado a uma dieta de caça, que trabalhava duro todos os dias e cuja boca se enchia de saliva quando sentia o cheiro de um frango ou um pedaço de porco guisados por um vizinho.

No princípio, isso o deixava apenas inquieto, mas, quando começou as caminhadas no bosque, o passado regressou com força a seus pensamentos e até mesmo aos sonhos. Durante o dia, fazia bem o seu trabalho, mas se isolava cada vez mais dos companheiros, que zombavam dele e o enganavam tanto quanto podiam; à noite, as estrelas nos seus olhos faziam ver ao alfaiate que sua tagarelice não era apreciada pelo amigo, e o que no início ocasionara apenas resmungos era agora motivo para briga, na qual os dois empregavam palavras cada vez mais duras. E, como todos os ventos que trazem tempestades, o inevitável acabou por ter lugar, pouco antes da chegada do Inverno, numa noite tempestuosa em que o caçador tinha ido mais cedo para o monte de palha e para o sono que o levava de volta à sua antiga vida.

Por trás de suas pálpebras cerradas, a floresta cheirava ao cio da Primavera. Ele percorrera as armadilhas e levava um belo coelho em sua bolsa de caça. Caminhava a passos rápidos para o abrigo quando, subitamente, um choque agudo pareceu arrebentar-lhe a virilha, fazendo-o gritar de dor e raiva dentro da floresta. Enquanto isso, seu corpo, ainda meio adormecido, saltava e se dobrava sobre a palha, protegendo-se contra o inimigo que continuava a atacar. Mesmo antes de abrir os olhos, suas mãos se fecharam em torno de alguma coisa; e então o alfaiate, magro e insignificante e bêbado como um porco, caiu sobre ele, cuspindo ao mesmo tempo pragas e vômito.

O que o rapaz estava dizendo, e o porquê, eram coisas que o caçador não teria podido explicar, nem mesmo se tentasse durante toda a vida. No entanto, o pontapé doloroso na virilha, a sujeira sobre a sua manta e o seu peito, *essas* eram coisas bem reais, e o deixaram tão furioso que por pouco não apertou o pescoço do outro com toda a força que tinha. Em vez disso, calou-o com um soco, sob o qual se ouviu o estalido do nariz sendo quebrado. Atirou então a manta imunda na lareira e saiu, afastando-se da casa onde por tanto tempo fechara sua liberdade. Sabia que não ia voltar, e teria ficado surpreso se pudesse calcular o tempo que passara preso a essa aldeia e a essa família; mas o que vivera ali significava tão pouco, ou melhor, perdera tanto do seu significado que aquela longa estação parecia ter durado menos que um sonho. Sua memória se resumia ao instante em que acordara com os pontapés e os insultos daquele que julgara seu amigo. Das coisas que juntara, pertencentes à sua vida ali, não levava mais que a roupa do corpo, a qual nem sequer era a mesma que tinha ganhado do alfaiate. As moedas que ainda possuía ficaram para trás, assim como a manta e o velho par de botas; e até mesmo a faca de caça, que havia muito não carregava consigo, ficou esquecida em algum canto da casa que ele deixava para sempre.

Descalço e descoberto, o caçador avançou através da noite, atravessando as ruas sujas até o outro lado da cidade, onde ficava a estalagem dos viajantes. Esse também era um lugar ao qual voltaria as costas sem hesitar, mas, quando passou diante da porta aberta, uma voz inesperada o saudou e o convidou a entrar para uma bebida. Era um homem de certa idade, um dos vários mercadores que percorriam as feiras ao longo das cidades e aldeias. A princípio, o rapaz duvidou que estivesse falando com ele, pois não vira aquele senhor mais de uma vez ou duas, mas o mercador insistiu, pedindo a um empregado que o puxasse para dentro e lhe servisse um copo de vinho.

Segurando a bebida no alto, o caçador tentou chegar até o velho, que procurava lhe dizer alguma coisa por meio de sinais. Era difícil, porque, tão logo entrara na sala enfumaçada, um grupo de homens o havia cercado, crivando-o de perguntas que não compreendia. Foi preciso juntar pedaços de frases aqui e ali para perceber que falavam do alfaiate. Ao que parecia, ele estivera o dia todo bêbado, andando pelas ruas a anunciar a morte de sete gigantes, pelo que, no fim da tarde, fora chamado a comparecer dentro de três dias à presença do rei. Todos queriam conhecer detalhes da história, e se mostraram não só decepcionados, mas também zangados quando o caçador disse que não sabia de nada sobre aquilo. Pragas e acusações choveram sobre ele, e pancadas talvez tivessem chovido também, não fosse o receio que inspirava um sujeito tão grande e forte. Mesmo assim, com todo o seu tamanho, foi a custo que conseguiu abrir caminho por entre a massa de homens e chegar até o velho, que desistira de competir com os outros e aguardava pacientemente a hora de falar com o caçador.

– Desculpe a espera – disse o rapaz. O mercador sorriu e bebeu com ele antes de fazer a sua proposta. Era muito simples: regressaria à sua terra natal com um carro cheio de tecidos e uma bolsa de ouro, e precisava de alguém que lhe servisse de guarda, para protegê-lo de salteadores e taverneiros cobiçosos. Talvez o caçador quisesse o trabalho, se já estivesse cansado da pedreira ou com vontade de mudar de ares.

– Comida e alojamento, durante toda a viagem – disse o velho –, e cinco moedas de prata no fim. É boa paga, pois pode ser que o seu trabalho seja só estar de olhos abertos e tratar dos cavalos.

– Eu não sei cuidar de cavalos.

– Mas sabe atirar – tornou o mercador; e então lhe recordou um episódio do qual ele já quase se esquecera, quando participara de uma aposta de arco e flecha durante a feira de Verão. Ao fim de muitos disparos, fora erguido nos ombros de um grupo de rapazes, e lhe disseram que tinha ganhado um barril de cerveja, mas o alfaiate se encarregara de buscar o prêmio e o caçador não chegara sequer a vê-lo.

Era estranho que um desconhecido se lembrasse disso, mas a sensação de ouvi-lo contar não deixava de ser boa, pois atirar flechas era algo que sabia e de que gostava. Foi por desejar fazer isso de novo que aceitou a proposta do mercador. Ele passou o resto da noite na taverna, aquecendo-se ao calor do braseiro por conta do novo patrão, e os dois seguiram caminho tão logo rompeu o dia, partilhando uma torta de carne e um assento na carroça carregada de fardos de tecido.

Um a um, durante a longa jornada, os dias transcorreram sem novidades. O mercador não falava muito, exceto consigo mesmo, um murmúrio tão suave que o rapaz mal podia ouvi-lo. Nas estalagens onde paravam, era raro conversarem com alguém, e assim, tal como nos velhos tempos, o caçador devorava sua refeição em silêncio enquanto a vida dos outros se desenrolava ao seu redor. Quase sempre se levantavam muito cedo, para partir ao nascer do Sol, e se recolhiam imediatamente após a ceia, dormindo tão logo se deitavam, cansados pela viagem que se prolongava além do previsto. Nunca passaram da orla da floresta, nem mesmo quando saíam das estradas principais; o caçador não teve de usar o arco e as flechas comprados pelo patrão, pois, apesar dos rumores que corriam pelas estalagens, nem uma vez toparam com salteadores. Tudo que tinha a fazer era tratar dos cavalos, e às vezes nem isso, quando nas estalagens havia quem se encarregasse da tarefa.

Para ter com o que se ocupar, ele passou a talhar pedaços de madeira, dos quais extraiu sucessivamente um falcão, uma raposa e o seu primeiro cavalo. Enquanto trabalhava, costumava cantarolar em voz baixa, improvisando ou repetindo as melodias que ouvia nas tavernas, mas nunca havia voltado a cantar a canção com que costumava se anunciar ao guarda do castelo. Nessa viagem, num tempo como que suspenso entre duas vidas, a própria floresta era uma ideia vaga, uma saudade longínqua que o fazia desejar a solidão e pensar na fuga; e talvez tenha sido isso que o deixou aliviado quando, chegando ao fim da jornada, o mercador lhe deu a entender que não precisaria dos seus serviços na próxima estação.

Sua despedida foi tão abrupta quanto o primeiro encontro, pois, apesar de já estar decidido que desfariam o ajuste entre eles, o velho passou os últimos dias muito abalado. Mal olhava para o rapaz, que sempre merecera dele um ótimo tratamento. O caçador não sabia muito bem o que ocasionara a mudança, mas desconfiava que tudo houvesse começado na tarde do penúltimo dia, quando, passando em frente ao jardim de uma casa escura e imponente, já perto da cidade do patrão, este se lembrara de que não levava um presente para a filha mais moça e descera da carroça para colher uma rosa. Do seu lugar, no banco do cocheiro, o rapaz ouvira alguém chamar o mercador pelo nome, e o vira aproximar-se de uma janela na parte lateral da casa. Ali ficara durante um longo tempo, ocupado numa conversa da qual regressara pálido e assustado. Apertava contra o peito a rosa que colhera no jardim, e se esquivara a todas as tentativas do caçador de saber o que estava acontecendo.

A chegada à cidade foi ainda pior, pois, vendo correr em sua direção justamente aquela filha a quem se destinava a rosa, o velho desatou a chorar, e em meio às lágrimas pediu que a moça entrasse e reunisse toda a família. Sem saber o que fazer, o caçador ficou na carroça até que surgiram alguns rapazes para descarregá-la, e com eles um empregado mais velho que o chamou para fazer uma refeição na cozinha. Menor, porém mais clara e limpa que a do castelo, nela trabalhavam duas mulheres, que lhe serviram um bom almoço, mas que não pareciam nem um pouco dispostas a conversar. O empregado voltou um pouco mais tarde e lhe entregou uma bolsa com seis moedas de prata, desejando boa viagem em nome do amo. Em seguida, pôs-se a falar em voz baixa com as mulheres, que acompanhavam o que ele dizia com grandes suspiros e as mãos cruzadas sobre o peito. Se lhe tivessem explicado o que havia, o caçador teria tentado ajudar – o velho sempre o tratara bem e confiava nele –, mas ninguém pareceu sequer ouvir suas perguntas, e a atmosfera foi se tornando tão pesada que o rapaz achou melhor partir de uma vez.

Assim, lá estava ele, atirado de repente em uma cidade estranha, bem vestido e calçado e com dinheiro na bolsa, mas sem a menor ideia do que fazer. Seguindo ao acaso ao longo das ruas, mais largas que as do lugar de onde viera, chegou a um mercado, com bancadas de madeira onde se vendia quase tudo; e, como sabia que cada moeda no seu cinto equivalia a vinte das que ganhava na pedreira, sentiu-se imediatamente mais satisfeito e seguro, maior do que já era com o manto e as botas novas que ganhara do mercador.

Passou a tarde inteira na praça, falando com uma pessoa ou outra, mas principalmente observando as coisas acontecerem. Como na outra cidade, atirou flechas num alvo e ganhou um bonito cinto de couro com uma bainha e um punhal; trocou por ele o seu velho cinto, vendeu o punhal a um negociante e comprou uma boa faca de caça. Esquivando-se a repetidos convites para tomar vinho e cerveja, enveredou por outra ala do mercado, onde comeu carne de porco no espeto e uma fatia de bolo de maçã. Com a boca cheia, parou por uns instantes para assistir a uma exibição de malabarismo, viu dançarem juntos uma garota morena e um urso desajeitado e, por fim, pôs-se a prestar atenção na conversa entre um menino e um homem muito magro, de cabelos compridos e uma barba pelo meio do peito.

De pés descalços, nariz e faces vermelhos do frio, o menino segurava a ponta da corda em que estava presa uma vaca malhada, e ouvia com ar fascinado as palavras do homem, que agitava alguma coisa na palma da mão. Quando, porém, essa mão se estendeu para ele, exibindo três grãos de uma espécie de feijão castanho, o rosto do garoto passou a exibir uma expressão de dúvida.

– Não sei... É a nossa única vaca – o caçador o ouviu dizer.

– Mas em troca você vai ter feijões mágicos! – retrucou o homem, num tom que não admitia réplicas. – Nem todas as vacas do mundo valem um só destes feijões!

Ouvindo isso, o menino pareceu menos indeciso, enquanto o caçador franzia mais e mais a testa, sem conseguir compreender o que se passava. Feijões mágicos? Feijões eram plantas que cresciam rápido, mas eram apenas plantas. Nem sequer curavam dores, como algumas ervas da floresta, que ele mastigava quando se sentia mal. Feijões, até onde sabia, só serviam para comer – mas esses eram diferentes, eram mágicos...

E foi então que as sobrancelhas do caçador se cerraram por completo, pois conhecia aquela palavra, e esta para ele tinha um único sentido. Na cidade onde vivera, e mesmo antes disso, ouvindo as mulheres e os guardas do castelo, magia era aquilo que fazia o leite azedar e trazia geadas inesperadas. Se não interferisse, aquele menino ia trocar uma vaca, um monte de leite e de carne, por uma porção de desgraças – ou talvez, o que era pior, pelo dom de provocá-las. Assim, ele avançou, pronto a dizer ou fazer algo que impedisse aquela barganha; mas seus olhos haviam se fechado por um instante, e este fora suficiente para que o homenzinho e a vaca desaparecessem, deixando à sua frente apenas o menino pequeno e descalço, em cuja mão aberta os feijões pareciam reluzir.

– Para onde ele foi? – perguntou.

– Sei lá! Acho que foi embora – disse o garoto, coçando-se embaixo do braço. – Ele me deu feijões mágicos. Vão crescer até o céu, e lá existe um tesouro que vai ficar para mim.

Havia tanta convicção em sua voz que acalmou o ânimo do caçador. Talvez os magos também pudessem fazer coisas boas, como feijões milagrosos. Pensando bem, ele mesmo tinha visto algo bom que devia ser obra deles: o par de botas encantadas que o levara à primeira cidade. Venciam longas distâncias em questão de instantes, e não causavam nenhum mal; não era culpa da magia se, de tão assustado, o caçador não pensara em usá-las para voltar à floresta. Vista desse jeito, a ideia do feijão mágico lhe pareceu razoável, e assim ele comprou uma fatia de bolo para o menino e o deixou ir com votos de boa sorte.

Tão logo o feliz proprietário dos feijões milagrosos correu de volta para casa, o caçador se deu conta de que escurecia, e era preciso achar um lugar onde passar a noite. Ele deixou a praça e o mercado, onde os negociantes já fechavam as bancas, e foi à procura de um albergue, mas os três primeiros que achou já não dispunham de lugar, nem mesmo um bocado de palha ou bancos de cozinha. Impaciente, o rapaz pensou em voltar à casa do mercador, a única pessoa que conhecia na cidade, mas desistiu ao se lembrar de como estavam as coisas por lá. Em vez disso, enveredou por ruas cada vez menores, prestando atenção às portas encimadas por tabuletas, até que achou uma hospedaria. A sala comum estava escura e enfumaçada, mas não era suja, e para o seu prazer havia uma bela peça de carne girando num espeto sobre o fogo.

– Vagas, hoje? Nem por sonho – disse a mulher que veio atendê-lo. – Se quiser um bom jantar, boa cerveja ou vinho, pode se sentar ali. Mas espaço...

Abriu os braços, como se pedisse desculpas. O caçador concordou sem discutir, já resignado a dormir ao relento, mas confortado pela ideia de comer um bom pernil. Seguindo o dedo da hospedeira, foi se sentar à ponta de um banco, onde três homens se apertaram uns contra os outros para lhe dar lugar. Era um gesto solidário, mas desnecessário, pois a sala estava quase vazia: além deles e da dona da casa, só uma velha estava sentada a um canto, diante de um pão e um prato de sopa. Um rapazinho desgrenhado se ocupava alternadamente em servir as mesas e girar o espeto da carne. Era estranho que não houvesse quase ninguém ali e que, ao mesmo tempo, os quartos se encontrassem tão cheios, tanto naquele quanto nos primeiros albergues. O caçador, porém, não ligou as duas coisas; foi preciso que outro rapaz, entrando pouco depois, chamasse sua atenção para o fato, ao protestar em altos brados contra o que supunha ser um pretexto da hospedeira para não recebê-lo.

– Pensa que não vou pagar? – gritou ele, furioso, espalmando algumas moedas sobre o balcão. – Ganho honestamente o meu dinheiro! O que você tem contra os artistas?

– Mas eu já disse que não há lugar, meu senhor – replicou a mulher, procurando manter o ar tranquilo, embora já estivesse claramente irritada. – Disse o mesmo àquele rapaz alto, e ele compreendeu. A cidade está cheia por causa dos bailes. Não tenho lugares disponíveis!

– Então como é que isso aqui está tão vazio? – disparou o rapaz. Com isso, uma luz pareceu se acender diante dos olhos do caçador, que se voltou para trás e reforçou a pergunta:

– Sim, onde estão as pessoas?

– Foram ao baile... – começou a explicar o desgrenhado, mas a hospedeira o fez calar com um gesto, como se quisesse tratar ela mesma do assunto. Respirou fundo e, bem devagar, como se falasse com duas crianças, explicou que estava havendo um baile, aquela noite, no palácio real; as pessoas hospedadas na estalagem estavam quase todas lá, só voltariam de madrugada, mas seus quartos já estavam ocupados e pagos.

O caçador se contentou com a explicação e voltou a comer. Já o outro rapaz, que ele acabou por reconhecer como um flautista que ouvira tocar no mercado, não ficou nada satisfeito e saiu batendo a porta, depois de dizer que duvidava de que os convidados do baile real ficassem num albergue tão sujo. Isso ofendeu enormemente a hospedeira, que lhe gritou dois ou três insultos antes de se voltar, muito vermelha, para os homens que comiam à sua mesa.

– Albergue sujo, diz ele, mas queria ficar aqui... Bem se vê que o único público que ele consegue são crianças e ratos! – Lançou um olhar de raiva para a porta fechada antes de prosseguir. – A casa não é rica, mas é limpa e honrada como poucas nesta cidade! E os hóspedes, alguns não são realmente convidados do baile, mas seus acompanhantes. Lacaios, guardas, damas de companhia... Veio gente de todos os lados trazendo as filhas para o príncipe escolher.

– É verdade, é verdade – disse, com uma risadinha, a velha que tomava sopa. – Minha senhora também veio, o pai não pôde trazê-la... Depois tive de ajudar várias mocinhas a se vestir. Poucas trouxeram uma criada.

– A *senhora* dela... – cochichou um dos homens para o caçador, em tom de zombaria. – Se o rei soubesse quem está recebendo no palácio...

– Havia de mandar que os soldados a pusessem na rua – disse outro homem. – Ou então soltaria os cachorros atrás dela e deixaria que atravessasse a floresta a pé.

– Floresta? – perguntou o caçador, e aguçou os ouvidos: aquilo começava a lhe interessar. Sem regatear informações, os homens, que eram lavradores nos arredores da cidade, disseram-lhe que uma grande floresta começava nos morros por trás do palácio, cujas luzes ele poderia ver se subisse ao telhado do albergue. Ali também havia uma lei que proibia a caça, exceto para o rei e os nobres; mas o território desse reino era limitado pelas ruínas de um velho castelo, um lugar que todos consideravam assombrado. Depois, quem sabe? Talvez as florestas fossem um lugar sem dono.

O caçador ouviu aquilo em silêncio, mas novas ideias começavam a se agitar dentro dele, e com elas a vontade crescente de buscar aquela floresta. Mal esperou que acabassem de falar para subir ao telhado e aprender o caminho até o palácio. De volta à sala, pagou o jantar e uma rodada de cerveja, desejou uma boa noite e partiu, a passos largos, satisfeito por ter comido boa carne e antecipando o prazer de voltar à floresta. A simples ideia o reconciliava com as pessoas que deixava para trás. Pensando bem, ficar cercado de gente por mais que um ou dois dias sempre acabava resultando em algo ruim, ou pelo menos em incômodo, ao passo que fazê-lo vez por outra era uma alegria. Os momentos que vivera no mercado, atirando com o arco e vendo os malabaristas, tinham sido leves e felizes, assim como eram as manhãs nas quais, em sua antiga vida, levava caça para a cozinha do castelo. Num e noutro lugar, as pessoas se mostraram benevolentes e divertidas. Não se aproveitaram dele, como o alfaiate, ou pelo menos não tiveram tempo para isso. Ou talvez não fosse bem assim, ponderou o caçador. Talvez houvesse pessoas melhores que as outras: gente bondosa, como o mercador e as mulheres do castelo, gente traiçoeira como o alfaiate, pessoas a princípio nem boas nem más, que pouco mostravam de si, como a princesa que ele deixara paa trás. Quanto à rainha, sua madrasta... A rainha era muito mais do que má, era de um tipo de gente que faz gelar o sangue. A simples lembrança dela o fez apertar o passo, querendo chegar logo à floresta, onde a ira daquela mulher não poderia encontrá-lo.

Agora o caçador via à sua frente as luzes do palácio, tão fortes que ofuscavam, transformando os seus contornos em borrões indistintos. Aproximando-se mais, viu que se tratava de uma construção muito extensa e maciça, como um só bloco de pedra do qual se destacavam luzes amareladas e as formas das carruagens que chegavam ou saíam. Havia gente por toda parte: homens e mulheres bem vestidos, que andavam devagar, olhando para cima; homens de roupas amarelas que corriam para abrir a porta das carruagens e tratar dos cavalos; por fim, homens altos, vestidos de azul, que se perfilavam ao longo das grades de ferro, avançando, vez por outra, para afastar o último grupo. Este se compunha de mulheres, homens e muitas crianças com trajes simples e surrados, que se encostavam à cerca ou estendiam a mão para os que passavam.

Uma mulher, mais distante das grades do que os outros, abordou o caçador, pedindo-lhe esmola com voz arrastada; recebeu sem agradecer a moeda de cobre que ele lhe deu e foi se reunir aos outros junto da cerca. Outras pessoas se voltaram para o recém-chegado, mas desistiram de lhe pedir qualquer coisa ao ver seus trajes modestos. Mesmo assim, não o tomaram por mais um deles, e os guardas também não o fizeram, porque se aproximava com muita decisão, olhando, não as carruagens e as pessoas ricas, mas a forma das montanhas por trás do palácio, onde estavam as florestas pelas quais ele ansiava cada vez mais.

– O que será que ele quer? – perguntou um dos guardas a um companheiro, cuja resposta foi avançar e atravessar uma alabarda à frente do caçador.

– O seu convite, por obséquio, nobre senhor – disse, abafando um riso grosseiro.

– Não tenho – respondeu o rapaz, sem perceber a ironia. – Mas não vou ao baile, quero ir para a montanha.

– Para a montanha! – O segundo guarda riu, mostrando dentes grandes e estragados. – E o que vai fazer lá? Roubar ninhos de águia?

– Não, vou para a floresta. Mas não para a floresta do rei – apressou-se o caçador a explicar. – Vou para outra, uma que seja livre.

– Ora, veja só! – gargalhou o guarda, voltando-se para um terceiro companheiro, que se aproximava a fim de saber o que havia. – Este aqui quer ir para uma floresta livre, compreendeu?

– Acho que sim – respondeu, pensativo, o recém-chegado. – Ele deve ser um lenhador ou carvoeiro, ou então quer terra para cultivar. Portanto, se não pode comprá-la – descansou no ombro do caçador a mão compreensiva –, faz bem em deixar o reino e procurar uma floresta que não tenha dono. Só que não pode passar por dentro do palácio.

– Mas não vou entrar lá – disse o rapaz. – Só quero chegar até a montanha.

– Mas não pode atravessar este portão – explicou o guarda, inflexível apesar dos olhos que pareciam bondosos. – Ninguém tem licença para atravessar os jardins do palácio. Você vai ter que contorná-los.

– Mas é um caminho muito longo – protestou o caçador, com o olhar nas montanhas. – Indo direto, ainda posso chegar esta noite.

– Vá devagar, as montanhas não ficam assim tão próximas – disse o primeiro guarda, agora mais amigável. – O melhor é ir para a cidade, procurar uma garota e... Olhe! – exclamou, de repente, fazendo os outros voltarem a cabeça na direção do palácio. – Não é o príncipe herdeiro?

– Sim, é ele mesmo. Que estranho! – disse o segundo guarda.

Sua atenção, bem como a dos companheiros, se voltou para as portas do palácio, onde já estavam os homens de roupa amarela, e percebendo isso o caçador aproveitou para atravessar correndo o grande portão. Foi um gesto impensado, instintivo, como quando se lançava em perseguição a um gamo visto de relance. O mais prudente agora seria esconder-se nas sombras, mas, antes que pudesse fazê-lo, uma figura cresceu na sua direção, e só outro golpe do instinto permitiu que desviasse a tempo de não esbarrar em uma jovem que corria para o lado contrário.

Ao passar por ele, as longas saias da moça roçaram nas pernas do caçador, ao mesmo tempo que alguma coisa saltava de baixo delas e vinha bater-lhe no joelho. Ele a agarrou, sem deixar de correr, e viu que se tratava de um sapato, pequeno até para uma mulher e transparente como uma pedra de cristal. Se houvesse tempo, teria examinado aquilo melhor; mas naquele momento um grupo de homens saiu correndo do palácio, e os guardas já tinham dado pela sua entrada e vinham atrás dele, e assim o caçador atirou o sapatinho para trás do ombro e mergulhou na sombra negra dos arbustos. Ainda ouviu algo vindo dos guardas, que tinham feito uma parada abrupta a fim de não se chocar com o outro grupo. Uma voz jovem, masculina, indagou a razão de terem deixado sair aquela moça e soltou uma exclamação de raiva perante as desculpas. Era mais tempo para o caçador: esgueirando-se entre as sebes e evitando as luzes, ele não tardou a se ver bem distante do palácio.

Depois disso, foi fácil correr em meio aos arbustos. Havia guardas por ali, três ou quatro, jogando dados atrás de uma construção pequena, e junto a uma árvore um casal muito jovem trocava beijos; mas nenhum deles pressentiu a passagem do caçador, e os guardas do portão não vieram em seu encalço. No final do jardim havia um muro grande de pedras, que escalou sem dificuldade. Já no alto, ouviu o ladrar de cães, mas estes ficavam do lado de dentro do muro, e tendo-o pulado ele respirou fundo e começou a andar. Ainda tinha que atravessar um pequeno prado, mas a montanha estava tão próxima que dava para ver alguns morcegos voando entre os arbustos da encosta. E como por trás daquela montanha estivesse a floresta, não pensou que estava cansado, nem que a escuridão poderia atrapalhá-lo, mas começou a escalar com entusiasmo, agarrando-se às saliências da pedra e baixando a cabeça quando asas negras se aproximavam demais do seu rosto.

Depois de ter vencido metade do caminho, o caçador descobriu uma trilha: pontos de apoio escavados na parede, que os seus pés iam encontrando pelo tato. O caminho contornava a montanha e chegava à trilha de descida, muito mais suave. O cheiro de cavalos, que deviam ter passado pelo local naquele mesmo dia, o fez pensar que devia haver um caminho mais fácil entre o palácio e a montanha, mas agora ele já havia chegado até ali. Pouco importava ter esfolado um pouco as mãos e sujado as roupas de terra.

À sua frente havia mais uma montanha, mas essa era muito menor, pouco mais que uma colina a separá-lo da floresta. Podia atravessá-la antes que o Sol chegasse, mas agora era difícil ignorar o cansaço, e assim, ao encontrar uma pequena gruta escondida pelos arbustos, não hesitou em entrar e se enroscar para sonhar com mais uma caçada.

Acordou com o Sol alto, cheio de fome e sede, mas disposto antes de tudo a atravessar o monte rumo ao coração da floresta. Era uma subida muito simples, pedras e capim sobre uma encosta com alguns pontos quase planos. Antes de chegar ao topo, sentiu o cheiro de cabras, e logo duas ou três apareceram aos saltos por entre as pedras, seguidas por um jovem pastor, que lhe dirigiu um olhar amedrontado ao vê-lo apontar do outro lado da colina. Era visível o seu desejo de passar por ele o mais rápido que pudesse, mas o caçador tinha fome suficiente para fazê-lo parar e perguntar se não lhe venderia um dos animais.

Gaguejando, o menino disse que não podia vender as cabras, mas tinha um pouco de pão e queijo, e poderia talvez arranjar uma tigela de leite, se o senhor quisesse esperar até que ele reunisse o pequeno rebanho. Acostumado às leis que proibiam a caça na floresta, e sabendo que talvez não encontrasse tão cedo o que comer, o rapaz aceitou, e os dois se sentaram ao pé de uma árvore e repartiram o pão e o queijo. Depois, como o dinheiro não tivesse mais qualquer uso para ele, o caçador deu duas moedas ao garoto, que agradeceu com um olhar maravilhado e uma tigela cheia de leite morno.

– É bom, não é? – perguntou, vendo um fio branco escorrer pelo queixo e molhar a camisa empoeirada do viajante. – Para onde o senhor está indo? Para o mosteiro?

– Onde é? – indagou o caçador, para ter a certeza de que não iria parar lá por engano. O pastorzinho voltou com ele até o topo da colina para apontar as direções. Seguindo para o nascente, havia outra montanha, onde ficava o mosteiro; ao poente havia um trecho de floresta e depois uma estrada; para trás era a cidade que ele havia deixado, e, para diante, a floresta prosseguia até chegar à antiga torre.

– Dizem que mora uma mulher lá – segredou o menino. – Mas ninguém nunca viu. Só sei que a torre é toda coberta de trepadeiras com espinhos, e que a partir dali já não estamos na nossa cidade. Por isso, o rei mandou cavar um fosso antes de chegar à torre: todos sabem que já não são terras nossas e voltam para trás.

– E depois são florestas? – perguntou o caçador, estreitando os olhos como se medisse distâncias. O menino disse que sim, mas uma floresta escura e feia onde não entravam nem os guardas do rei. Devia ser uma floresta livre, pensou o caçador, e isso o deixou tão satisfeito que nem quis se demorar conversando mais. Despediu-se do pastor, desceu a encosta e entrou na floresta do rei, onde a princípio havia apenas trilhas mil vezes repassadas. Devia andar muita gente por ali, pensou ele, e logo alguns cheiros e ruídos confirmaram a sua impressão.

Homens e cães, fumaça de lareira e carne cozida, todas essas imagens lhe passaram diante dos olhos à medida que avançava. Ainda na orla, avistou uma casa, e à porta estavam dois homens que o interpelaram de longe. Eram irmãos, ambos trabalhando para o rei como guarda-caças, e felizmente não duvidaram de que o rapaz só estivesse ali de passagem. Não tinha cães, nem arco, nem armadilhas. O caçador esclareceu que estava em busca de uma floresta livre, ao que um dos dois cuspiu para o lado, dizendo que não havia mais nada livre, nem terras nem gente, em nenhuma parte do mundo conhecido pelos homens.

– Mas, de qualquer jeito, você não chegaria lá – afirmou o outro irmão. – Quando chegar a noite, os lobos vão sair em busca de carne, e você não tem mais do que uma faca. Como vai se defender?

– Oh, lobos – disse o caçador, e encolheu os ombros: havia muitos lobos na floresta de onde vinha, e nem uma vez haviam lhe feito mal. Os irmãos, porém, teriam sido incapazes de compreender isso, pois os lobos daquela floresta tinham de competir com todos os caçadores do rei, e muitas vezes ficavam com fome. Seu único recurso era atacar cabras e carneiros nos pastos, e, por causa disso, eram eles próprios caçados como inimigos. Todos sabiam o mal que eram capazes de fazer aos homens, por isso os guardas do rei franziram a testa diante da tranquilidade daquele rapaz. O que faria ele, sozinho e sem armas, na hora dos lobos?

– Eu me entendo com eles – disse o caçador, e seguiu viagem sem mais um pensamento para os dois homens perplexos. Caminhou durante boa parte do dia, sem se desviar na direção da torre e do fosso, parando apenas para beber e se refrescar em um regato. Muitas léguas depois, viu a noite descer rapidamente sobre as colinas – e então foi ao seu encontro, ouvindo ao longe a música das matilhas, que ecoava sobre todos os outros sons da floresta.

O caçador ainda caminhava quando amanheceu: um dia frio e nevoento, antecipando o Inverno para o qual pouco faltava. Já notava alguma diferença na vegetação, que aqui era mais cerrada e seca, com muitos arbustos espinhosos. Os pássaros cantavam menos, as árvores eram retorcidas, um ar de desolação substituía a atmosfera acolhedora da floresta real.

Passando com cuidado por sobre as moitas de espinhos, ele viu então uma torre muito alta, feita de pedra escura e coberta de trepadeiras até a metade. Não havia entrada visível, mas no topo se podia distinguir uma única janela entreaberta, da qual pendiam duas grossas cordas da cor do trigo maduro. Próximo à torre havia um fosso mais ou menos largo, embora pouco profundo, e do outro lado estava a floresta. A floresta que talvez fosse livre, que começava também nas moitas de espinheiros, mas onde, mais adiante, havia árvores e rios e animais de caça. Aspirando com força, até já se podia sentir seu cheiro – e era um cheiro tão bom que o caçador não pensou duas vezes antes de correr na direção do fosso. Suas pernas, de músculos e tendões bem treinados, se flexionaram no momento e no lugar certos, os joelhos deram o impulso...

E antes de aterrisar, são e salvo, do outro lado do fosso do rei, um grito agudo e apavorado de mulher cortou os ares.

O caçador voltou a cabeça de relance e viu um rosto jovem e belo a olhá-lo da janela da torre. Ia sorrir, talvez cumprimentá-la, mas a moça recolheu as tranças – que ele tomara por cordas – e fechou a janela com tanta pressa que o rapaz não pôde guardar dela mais do que a primeira impressão. A moradora da torre, pensou, lembrando-se das palavras do pastor, e enquanto enveredava por entre os espinheiros teve um breve pensamento de simpatia e compaixão para com a moça. Era tão bonita, e vivia no lugar mais sombrio da floresta. No entanto, depois de caminhar um pouco, a desolação deu lugar à beleza, os pássaros voltaram a cantar e os arbustos tinham framboesas no lugar dos espinhos, e ele se sentiu tão feliz que não reprimiu um grito de alegria.

Cantarolando, dançando, deu umas rápidas corridas por entre as árvores, reconhecendo o território conquistado. Aqui e ali, esbarrava no cheiro recente de gamo e de coelho, pegadas de javali e pelos de raposa, e cada descoberta era um salto e um grito e uma risada de prazer. Por fim, satisfeito, aquietou-se e começou a planejar os próximos passos, o percurso que tinha de seguir até se encontrar definitivamente estabelecido e seguro naquele lugar. Em outra estação as coisas seriam mais fáceis, mas, com o Inverno chegando, precisaria logo de um abrigo, peles, uma reserva de comida. Um arco e algumas flechas, antes de mais nada, concluiu.

Já olhava em torno à procura de um teixo quando o vento mudou, trazendo um cheiro tão improvável que fez seu coração saltar. Homens, ali? Então, aquela não era uma floresta livre – as árvores, os pássaros, a caça e os caçadores, sem rei e sem lei além das estações sob o céu aberto?

– Sim, sim, tenho toda a certeza – disse um dos homens; ele podia ouvi-los caminhando em sua direção, devagar, como se estivessem muito cansados. – Ouvi vários uivos, todos de um lobo só. Você não escutou?

A voz alquebrada de um velho respondeu que sim: que era um só lobo, jovem e macho, separado da matilha. Uma terceira voz, desta vez a de um menino, contestou a opinião do velho e lamentou por estarem ainda tão longe de casa. Então houve um breve silêncio, após o qual o velho soltou um suspiro e falou numa voz carregada de tristeza.

– Se ao menos ele não fosse tão teimoso, não tivesse a cabeça tão tomada por aquele sonho...

– O nosso príncipe? Nunca desiste de nada – disse o primeiro homem.

Foi nesse momento que o caçador, já bem oculto atrás das folhagens, viu passarem à sua frente os donos das três vozes, além de um quarto sujeito, gordo e de meia-idade, com a cabeça amarrada por um lenço manchado de sangue. Estavam todos cobertos de farrapos: não os andrajos dos mendigos, trapos velhos que vão se rompendo e se sujando aos poucos, mas os restos de roupas que deviam ter estado inteiras até pouco tempo atrás. Mesmo as botas estavam esfoladas, e pelos rasgos da roupa viam-se grandes arranhões sangrentos. À exceção do gordo, não pareciam mais feridos que isso, mas iam todos muito tristes. O velho tinha os olhos cheios d'água, e o homem que falara em primeiro lugar apoiava a mão no ombro do rapazinho, buscando menos consolá-lo do que consolar a si próprio.

– Pai – disse o menino, voltando-se para ele –, existe mesmo esse castelo? Quer dizer, mais alguma coisa além das torres?

– O príncipe acha que sim – disse o pai, detendo-se por um instante. Os outros também pararam e olharam para trás com olhos tristes e vazios. Aquela pausa irritou o caçador, que teria preferido vê-los longe dali. Preparava-se para dar meia-volta e desaparecer entre as árvores quando o gordo, falando pela primeira vez, pronunciou uma palavra que fez suas orelhas empinarem.

Contrariando o que recomendava a prudência, ele deixou seu esconderijo e ficou de pé, olhando para os quatro homens com a voz presa na garganta. Não queria ter ouvido, ou melhor, *queria*, mas não *devia* ter ouvido a palavra que lhe trazia de volta a dor do passado. No entanto, já que acontecera, era preciso saber – e assim, aproximando-se dos homens que o encaravam perplexos, muito a custo conseguiu articular:

– Pri-princesa?

– Sim, a princesa, que vive no castelo do... Espere, quem é você? – perguntou o gordo, pondo-se na defensiva. O caçador respondeu que acabava de chegar, que ia viver naquela floresta se ela não tivesse dono, e o velho tornou a suspirar, dizendo que tudo havia acabado muito tempo atrás.

– Dizem que este lugar já foi um reino, pequeno, mas feliz – contou, sentando-se numa pedra coberta de musgo, no que foi imitado pelo gordo e pelo rapazinho. – Dizem que uma bruxa encantou o castelo real, e que dentro dele, há muito tempo, dorme a filha do rei, uma princesa muito bonita.

– De cabelos pretos? – perguntou o caçador, mas então a história do velho já parecia diferente da sua, e diante da resposta negativa o seu coração ficou ao mesmo tempo vazio e tranquilo. Se essa princesa dormia há tanto tempo, não podia ser a que ele conhecera: o Inverno que ia chegar era o primeiro depois que a deixara, o rei que fora seu pai tinha morrido poucos anos antes e governava um reino grande que ficava muito longe dali. A conversa já não tinha interesse, mas o velho continuava a falar, não por querer que o ouvissem, como o alfaiate, mas porque partilhar aquela história parecia aliviar seu coração.

– Nosso príncipe ouviu isso de uma mendiga com quem cruzou ao regressar do último torneio de cavaleiros. Talvez ela mesma fosse uma bruxa, e o encantou com palavras, aquele jovem crédulo e corajoso. Ela garantiu que a princesa podia ser acordada se um príncipe entrasse no castelo e lhe desse um beijo; o nosso pobre senhor acreditou nisso e nos trouxe até aqui, uma viagem tão longa atrás de um sonho que, afinal...

Calou-se, baixando o rosto e as mãos. O homem gordo, porém, se animou com aquelas palavras e protestou contra o que fora dito no fim.

– Nossos machados não puderam nada contra aqueles espinhos, você viu – disse, com calor. – Aquelas pedras que caíram não podem ter nascido nos espinheiros. Não se pode dizer que foi só um sonho do príncipe, porque nós também vimos: havia magia naquele lugar, e magia má.

– E por isso nós concordamos quando ele disse que podíamos ir embora – concluiu, voltando-se para o caçador, o homem que continuava de pé. – Se prosseguir pelo meio da floresta, ainda vai encontrar o nosso príncipe lutando contra os arbustos. Ele é um guerreiro! Mas nós, seus servos, vamos voltar para casa, e esperar que ele desista e volte também. E que nos perdoe por sermos tão fracos.

– Sim, que nos perdoe – disse o gordo, levantando-se a custo. Por sua vez, o menino saltou para junto do pai, e se puseram a caminho, enquanto o velho estendia a mão para o caçador.

– Adeus, rapaz, e boa sorte – disse, mas o jovem só resmungou, porque não gostava da ideia de espinhos e encantamentos na *sua* floresta. Tiraria ambas as coisas do seu caminho, se as encontrasse, pensou.

Ao sair do esconderijo, o caçador avistara um teixo, com um galho que parecia bem de jeito para fazer o arco. Depois que os homens se foram, ele cortou o galho com a faca de caça e o limpou de ramos e folhas, e já começava a desbastar a madeira quando seu nariz o avisou da presença de um gamo perto dali. Um gamo, por menor que fosse, era carne garantida por vários dias, por isso o rapaz decidiu tentar a sorte, aproximando-se do animal para surpreendê-lo antes que pudesse fugir.

O gamo se encontrava a uns poucos passos de distância e pastava tranquilamente entre as folhagens. O caçador preparou o salto e se atirou para agarrá-lo, mas suas mãos erraram por um triz, indo se fechar sobre o vazio enquanto o animal assustado desatava a correr. Poucos homens conseguiriam pegá-lo agora, mas o caçador já tinha feito isso mais de uma vez, e se lançou atrás dele com toda a sua vontade e força das pernas. Saltou por sobre arbustos e valas, correu por cima de uma pedra e se atirou no ar, por cima do gamo, que, no entanto, logrou escapar pela segunda vez. O caçador caiu sobre as mãos e os joelhos, e, até que o furor da perseguição amainasse, não percebeu que se encontrava em meio a grandes arbustos de espinhos. Suas calças e jaqueta estavam cheias de rasgões, as pernas arranhadas; tudo devia ter acontecido muito rápido, e só no fim da corrida, porque atrás dele a floresta era a mesma de antes, sem nada do horrendo emaranhado que se encontrava à sua frente e abafava tudo que existisse de vivo naquele lugar. Eram arbustos e árvores cobertas de trepadeiras, um verdadeiro mar de farpas até onde a vista alcançava.

No meio de todo esse panorama, e inteiramente envolta em espinheiros, estava o que, ao menos pela forma, se assemelhava à torre de um castelo. Não havia pássaros nem animais ali, mas um jovem de roupas finíssimas, agora feitas em trapos, olhava para o caçador do alto de um monte de trepadeiras arrancadas das árvores. Era um rapaz menor que ele, mas também alto e forte; tinha uma espada na mão, sangue escorrendo de um corte na face e olhos estreitos, e o caçador compreendeu que se tratava do príncipe que os criados haviam abandonado.

– Quem é você? – perguntou ele, avançando sobre o emaranhado de ramos. – Também pertence à magia da feiticeira?

– Não – disse o caçador, e se pôs de pé; o príncipe viu que era um homem comum e baixou a guarda. A espada lhe tremia na mão, e suas roupas ofereciam um espetáculo lamentável, mas a determinação brilhava em seus olhos. Foi em vão que o caçador procurou nele traços do outro príncipe, o que levara consigo a princesa de cabelos negros, tão fraco e desprezível com o seu perfume de flores. O que via neste rosto era muito diferente, era uma expressão de coragem e de autoridade, e o caçador sentiu um calor encher-lhe o peito, reconhecendo algo de sua própria força nos olhos do príncipe.

– Se não vem me fazer mal, você vem... – disse este.

Não terminou a frase, apenas indicou com um gesto os machados que os servos tinham deixado entre as trepadeiras. Frente a frente no meio dos espinhos, os dois se encararam por instantes, até que o príncipe deu de ombros e golpeou uma das cercas impenetráveis. Por várias vezes ergueu e baixou a espada sobre os ramos, e conseguiu cortar alguns; mas os que tinha à sua frente pareciam ainda mais entrelaçados, com espinhos tão pontiagudos que o jovem não conteve um grito quando um deles lhe arranhou a mão. Olhos sombrios, levou os dedos à boca e lambeu o sangue, como também era hábito do caçador; e foi esse novo reconhecimento, mais do que o olhar, que moveu a mão do rapaz para um dos machados.

– Eu ajudo – disse o caçador, e o príncipe apertou com gratidão aquele braço forte que viera inesperadamente em seu socorro.

– Vai ser bem recompensado – disse, mas o caçador não deu resposta, já embrenhado na barreira de ramos que começava a cortar. Os espinhos começaram a rasgar, primeiro suas roupas, em seguida a pele; quando alguns deles se enterraram na sua carne, ele cerrou os dentes e não pensou mais no que fazia. As trepadeiras o separavam do castelo, e no castelo estava a princesa, e pouco lhe importava se esta não era a que perdera, de cabelos negros e tez branca e lábios vermelhos como o sangue. Sua luta era por aquele rapaz que tinha um sonho tão parecido com o seu.

O príncipe o seguia de perto, dando golpes de espada para os lados a fim de afastar os últimos galhos. Também estava cansado e arranhado, mas seguir o caminho aberto pelo caçador o poupara de ficar como ele, coberto de sangue e com feridas profundas onde estavam cravados alguns espinhos.

– Meu amigo, meu bom amigo – murmurava. O caçador ouvia aquela voz e prosseguia na luta desigual. Por fim, ao se deter por um momento para tomar fôlego, viu que a torre já estava muito próxima, quase por cima das suas cabeças. O terreno a percorrer era pequeno, mas os espinheiros formavam uma grade impenetrável, e agora insetos nojentos, de picadas dolorosas, rastejavam por entre os arbustos e caíam do alto das trepadeiras.

– Não consigo. Por Deus, não consigo – gemeu o príncipe, e começou a deixar-se cair. O caçador o deteve antes da queda e o esbofeteou para que a raiva lhe desse coragem. Largando o machado, agarrou os ramos nodosos e cerrou ainda mais os dentes, e antes que o príncipe se recuperasse ele havia aberto um caminho ao fim do qual se avistava uma das portas da torre. Curvado pela dor e pelo peso, sustentava alguns dos ramos emaranhados sobre as costas e afastava outros com os braços e as pernas. Só os pés se plantavam solidamente sobre o chão, e foi sob esse túnel formado pelo seu corpo que o príncipe se esgueirou, para em seguida, salvo e quase são, arrancar os últimos ramos junto à porta e empurrá-la com o ombro.

– Não é possível! Abriu! – exclamou ele.

O caçador ergueu a custo a cabeça, com os espinhos se prendendo em seu cabelo, e viu o príncipe a ponto de desaparecer pela porta entreaberta. Reunindo suas forças, tentou se soltar a fim de segui-lo, mas as trepadeiras tinham se enrolado em volta das suas pernas, por isso todo o esforço resultou inútil. Desesperado, os insetos picando-lhe a pele, olhou para o príncipe, esperando que este voltasse e o ajudasse a sair dali. Mas o príncipe se limitou a atirar uma frase sobre o ombro antes de entrar na torre.

– Eu o recompensarei... Espere por mim!

– Esperar? – gritou o caçador. Seu corpo estremeceu contra as grades da prisão viva; ele gritou e chamou e não quis acreditar, até que a realidade se enterrou tão fundo nele quanto os espinhos. Seus músculos e tendões se retesaram, não apenas no esforço de se libertar, mas também com a dor e a raiva pelo abandono do príncipe. Como ele fora capaz de entrar sozinho na torre, como desprezara quem lhe abrira o caminho, sem sequer haver tentado ajudá-lo? Mais cedo ou mais tarde, é certo, o caçador acabaria por se desprender sozinho, mas poderia ter poupado um pouco do que lhe restava de carne e de sangue. Por que o príncipe não havia pensado nisso?

– Mais um pouco, mais um pouco – rosnou ele, opondo toda a sua força às trepadeiras que se colavam à pele, buscando sugar a seiva da vida nas suas veias. – Só... mais um... pouco...

E, ao repetir mais uma vez essa pobre fórmula de coragem, de repente ele sentiu que a pressão começava a relaxar. O peso nos ombros e o aperto nas pernas estavam diminuindo, e os próprios espinhos pareciam libertar aos poucos as suas roupas e cabelos. Os braços, que ele tentava baixar com todas as suas forças, desceram bruscamente; as trepadeiras se desenroscaram e caíram, desaparecendo, ante os seus olhos maravilhados, assim que tocaram o chão. Todo o espinheiro recuava como que por magia, a floresta readquiria as suas cores, a grande torre de pedra ressurgia tal qual tinha sido muitas eras atrás. No entanto, os efeitos daquela mágica perversa haviam permanecido, ele estava coberto de farrapos e de sangue, e tão exausto que teria desmaiado ali mesmo se não houvesse ainda uma coisa a fazer.

Cambaleando para frente, empurrou a porta, mas agora a encontrou fechada por dentro. Contornou então a torre e seguiu ao longo da muralha, deixando a marca, impressa em sangue, da mão com que se apoiava quando as pernas começavam a fraquejar. Por fim, chegou ao portão principal, que dois lacaios vindos do interior do castelo acabavam de abrir ao som estridente de uma trombeta.

A visão daquele homem estranho, desgrenhado e ferido e com a roupa em farrapos, teve um efeito perturbador sobre os criados, que se apressaram a recuar para o pátio e alertar os guardas reunidos ali. Alguns chegaram a voltar a cabeça, mas a trombeta acabava de soar mais alto, com o que os homens de armas se perfilaram dos dois lados de uma porta interna. Uma pequena multidão formara um semicírculo e esperava que se abrisse, entre murmúrios e olhares ansiosos. Não houve ninguém que avançasse para deter o caçador, e assim ele cruzou o portão, com os olhos carregados de sombra e expectativa.

Em meio ao rufar de tambores, a porta interior se abriu, e lá de dentro surgiu o príncipe, com o rosto lavado e um manto vermelho sobre os rasgos do gibão. Montado num corcel, acenava para as pessoas no pátio, que saudavam e o aclamavam com entusiasmo. Outro cavalo, a seu lado, transportava uma linda jovem, de cabelos claros e soltos e um diadema faiscante na testa. Ao redor, o povo tentava de alguma forma chegar até eles, e os guardas não os impediam, evitando apenas que tocassem no casal. Suas atenções, porém, eram adequadas apenas àquelas pessoas pacíficas, agradecidas por terem sido despertadas do seu sono de encantamento e felizes com o libertador tão forte e tão belo; e por isso ninguém pôde prever nem impedir que o rapaz de ombros largos, coberto de sangue e arranhões quase ao ponto do impossível, surgisse do meio da multidão, agarrando com raiva e dor as rédeas da montaria do príncipe. Este o olhou com espanto, mas logo se refez, mantendo no rosto o sorriso que reservava a todos os seus súditos fiéis.

– É você, meu bom homem! – Tirou uma pequena bolsa do cinto e a estendeu para o caçador, com um gesto que procurava tornar visível aos olhos de todos. – Fico feliz por ainda tê-lo visto e poder recompensá-lo... Tome, você merece!

O caçador pegou a bolsa, mas se deteve ao ouvir o som de moedas batendo umas contra as outras. Por um instante não teve reação, permanecendo onde estava, em meio ao silêncio crescente. Dois guardas avançaram e o puxaram para trás, sem violência – afinal, fora reconhecido pelo príncipe, seu novo senhor –, mas o soltaram ao perceber que não arredaria pé. Ele continuou a fitar a bolsa por um tempo, pensando no que continha, pensando em tudo que viera antes; e então a sua garganta se apertou com uma dor aguda, o peito se enchendo de revolta ao compreender.

Fora deixado para trás, usado, talvez não por culpa do príncipe, mas por ter enxergado nele uma nobreza que não existia. O que havia naquele jovem não era coragem, mas os restos do seu orgulho, que o abandonaria pouco depois de os criados terem partido; o caçador o ajudara sem perceber que a força que via nele era apenas um reflexo da sua própria força. Se tivesse percebido antes, ou se tivesse se limitado a lhe abrir o caminho, como os servos, talvez pudesse se controlar, e apenas voltar as costas e regressar à floresta para curar as feridas; mas a lembrança de tudo que sofrera, dos espinhos se enterrando na sua carne enquanto o príncipe entrava na torre, acendeu em seu sangue uma fúria, e ele cerrou os dentes e atirou a bolsa no rosto daquele rapaz que pensava poder pagar com dinheiro a dor do corpo e do espírito.

Um grito uníssono, horrorizado, se ergueu dos lábios de toda aquela boa gente, incapaz de compreender o que acontecera. O príncipe era o mais perplexo de todos: qualquer dos seus súditos ficaria feliz em receber um simples reconhecimento, quanto mais uma bolsa de ouro dada por sua mão. Sua surpresa se transformou em rancor e logo em raiva diante daquele desafio.

Os guardas haviam dominado o caçador tomado de fúria, e suas mãos se sujavam com o sangue que ainda lhe saía das feridas. A visão desse sangue, derramado por sua causa, poderia ter levado o príncipe a tratá-lo com brandura, apesar do insulto; mas o príncipe estava diante da sua futura esposa e do seu povo, e também estava exausto, e além disso estava acostumado a que fizessem tudo por ele, até sangrar, até mesmo morrer. Não podia permitir que lhe atirassem de volta, em pleno rosto, a sua dádiva, por isso se empertigou na sela, a dois passos do caçador seguro por uma dezena de guardas, e cuspiu naquela face marcada e coberta de sangue. Gritou depois uma ordem para que a comitiva seguisse; e quando todos se afastaram, os guardas abateram o caçador com uma pancada na cabeça e foram atirar o corpo inerte na floresta.

# O PRÍNCIPE

Pelo meio do Inverno, ao redor dos braseiros que aqueciam as noites da aldeia, era raro que não se falasse do lobo. O assunto não era novo, pois sempre tinham tido desses animais por perto, presença frequente num povoado cercado por florestas e montanhas. Também era natural que as pessoas, em especial as que tinham rebanhos, falassem sobre lobos e discutissem o que fazer para impedi-los de assaltar os redis, comentando os ataques que aconteciam apesar das precauções. Os lobos eram, assim, um assunto corriqueiro. Ou pelo menos sempre tinham sido, até então.

Mas neste Inverno as pessoas não estavam falando em *lobos*. Falavam, isso sim, em *um lobo*, um único animal que ninguém jamais vira, o qual, com ardis que nem os mais experientes podiam prever, já assaltara diversos currais da aldeia. Começara no fim do Outono, quando algumas ovelhas não regressaram ao cercado, obrigando os pastores a se aventurar na floresta e causando rixas entre vizinhos desconfiados. Com o passar do tempo, notou-se que quase todos já tinham sido atingidos; e, quando os rebanhos foram trazidos para os currais onde passariam o Inverno, os sinais deixados pelo animal foram suficientes para acabar com as últimas dúvidas.

A aldeia, até então mergulhada em disputas e rancores, voltou a se unir contra o inimigo comum. Vigilância sobre os redis, expedições à floresta, armadilhas de ferro, tudo foi experimentado a fim de apanhar o animal; mas nada teve o resultado pretendido, e, embora alguns lobos tivessem sido mortos, o culpado sempre acabava por escapar impune. Parecia mesmo agir em represália, invadindo e matando mais do que antes. Em suas últimas visitas acontecera ainda outro fato, ao mesmo tempo horrível e surpreendente: não contente com os roubos que praticava, o lobo imprimia a marca de uma mão humana sobre a cerca do redil, e, na mancha vermelha feita com o sangue dos animais, os aldeões enxergavam um sinal maligno. Foi muito aplaudida a iniciativa do moleiro, que, ao visitar a cidade vizinha, voltou de lá trazendo um clérigo armado com as ferramentas que expulsavam os demônios. A bênção do religioso, porém, não foi mais eficaz que a vigilância dos fazendeiros, e esta continuava a não ser suficiente para deter o insaciável lobo. Novas buscas eram realizadas quase todos os dias, os pastores passavam a noite a tremer de medo e frio no meio das ovelhas, e mesmo assim durante todo o Inverno o animal atacou, deixando sua marca como uma espécie de aviso.

A maneira quase inacreditável pela qual agia, indo e vindo e levando as ovelhas debaixo dos seus olhos, fez com que aos poucos o lobo passasse a ser considerado não um simples animal, mas um ser extraordinário, dotado de inteligência e poderes que o protegiam de seus perseguidores. Por enquanto ninguém afirmava que o tinha visto, mas alguns homens se vangloriavam de ter encontrado e seguido seu rastro, e outros de ter escutado uivos aterrorizantes. Quando alguém matava um lobo, a aldeia ficava alguns dias na expectativa, para ver se os roubos continuavam; e inevitavelmente a marca voltava a aparecer, e assim as histórias sobre o animal cresciam mais e mais.

Algumas vezes acontecia que um viajante de passagem os questionasse. A pergunta era quase sempre a mesma – como sabiam que não se tratava de um salteador? –, e as explicações jorravam tão facilmente como se o povo da aldeia não fizesse nada a não ser discutir sobre o inimigo. Oh, não, diziam, abanando a cabeça, os salteadores não deixam pelos e cheiro de lobo nos redis. Além disso, um salteador seria sempre um homem, e se um homem vivesse na montanha ou na floresta já teria sido encontrado numa das expedições. E a marca da mão? Bom, esse era mais um motivo para temê-lo, pois significava que ele já havia matado pelo menos um homem, e era por isso que ninguém se aventurava sozinho na floresta. E se o lobo era capaz de carregar aquela mão, molhá-la no sangue das ovelhas e deixá-la impressa nas cercas, então não era mesmo um animal comum, mas um ser orientado pelas forças do Mal.

Fosse pela argumentação ou pelo cansaço, quase todos os viajantes acabavam por concordar, acreditar, até mesmo participar da criação de novas lendas. Quando se tratava de um pastor, concordava ainda mais depressa, dizendo que todos os lobos são perversos e malignos; e então os da aldeia, que tinham seu orgulho, respondiam que sim, mas que aquele era sem dúvida o pior de todos, o maior e o mais esperto e o que nunca seria apanhado, um verdadeiro flagelo, o Príncipe dos Lobos.

Esses rumores não escapavam ao conhecimento do caçador. Sabia, ou melhor, podia *ver* que os aldeões andavam no encalço do lobo, embora não houvesse falado com ninguém desde o dia em que se instalara na grande gruta no coração da floresta. Esta já não era a mesma da torre e do castelo enfeitiçado, pois ele se arrastara para longe daquele lugar – apesar das feridas e da febre causada pelas mordidas dos insetos – tão logo despertara da inconsciência em que fora deixado pelos guardas. Também não era a floresta em que crescera, ou aquela onde achara as botas, ou ainda uma das que pertenciam aos nobres e aos reis. Era uma floresta muito vasta, de interior inexplorado, onde, apesar das buscas, ninguém o encontrara até agora. A caça era boa, mas, como sempre, as presas maiores migravam no Inverno, sobrando apenas alguns animaizinhos ariscos, ainda mais magros que de costume. Se houvesse chegado noutra estação, teria armazenado comida, e a vida seria muito mais fácil. No entanto, não podia se queixar: além de estar passando melhor do que esperara no início, podia ainda testemunhar a frustração dos homens em ver os redis constantemente pilhados e rir por dentro com a raiva demonstrada por eles.

Era a primeira vez que sentia o gosto da vingança, e esta, embora não atingisse aqueles que realmente o haviam ferido, lhe sabia tão bem quanto um naco de carne fresca. Com as experiências que tivera, as dores recentes e antigas acumuladas até o ponto máximo, ele passara a desprezar todos os homens. Em lugar deles, tinha se voltado para a floresta e seus habitantes, simpatizando com os mais fracos e mantendo, com os carnívoros como ele, um pacto de respeito e mútua cortesia. Com um velho lobo cinzento, que não pudera seguir a matilha em sua jornada atrás dos gamos, chegou a fazer amizade, e foram diversas vezes caçar juntos, até que o animal foi ferido numa das batidas. Morreu na noite seguinte, apesar dos cuidados do caçador, que conseguiu carregá-lo até sua caverna e o tratou o melhor que pôde com ervas e carne mastigada.

Aquele episódio o fez compreender que os homens nunca cessariam de perseguir os lobos, e a sua raiva cresceu e ganhou um novo sentido através da solidariedade com aqueles velhos caçadores. Tal como eles, tinha chegado à floresta muito fraco e sem provisões, e fazia o possível para sobreviver. Era como os lobos solitários, aqueles que não podiam acompanhar a matilha e se deixavam ficar para trás, alimentando-se dos gamos velhos e doentes que se desgarravam da manada. No entanto, na maioria das vezes, eram justamente esses gamos que os homens costumavam abater, pois se tratava de presas muito mais fáceis; tudo que restava aos lobos eram os rebanhos, se não quisessem ou não pudessem sobreviver dos animaizinhos ligeiros e assustados que surpreendiam ao sair das tocas.

A maior parte dos lobos era cautelosa, mas o caçador achava que fariam melhor em recorrer ao ataque mais proveitoso dos currais, porque poderiam acabar pagando da mesma forma. Ainda que não entrassem na aldeia, mais cedo ou mais tarde alguém se lembraria de organizar batidas preventivas, e os perseguiriam e matariam sem motivo, como em todos os Invernos. Felizmente, não era sempre que achavam um lobo cuja morte vingasse a das ovelhas, e era isso que deixava o caçador mais satisfeito. Oculto entre arbustos, observava com prazer as buscas infrutíferas, abafando o riso quando ouvia as pragas que os homens soltavam durante a conversa. Só tinha pena dos pastorzinhos muito jovens, que mesmo nos dias de mau tempo eram obrigados a cuidar do rebanho, empunhando cajados que mal tinham forças para levantar. Lembrava-se, nesses momentos, do pastor que encontrara na colina, do garoto dos feijões mágicos e até do irmãozinho do alfaiate, e lamentava que meninos como eles viessem a crescer para ser como os outros homens.

O caçador ajudava os lobos tanto quanto podia. Quase todos ficavam apenas alguns dias na floresta, partindo depois atrás dos gamos retardatários ou ao encontro da alcateia; mas de alguma forma, enquanto estavam ali, sentiam que podiam contar com um amigo, e os olhares de compreensão que lhe dirigiam quando os ajudava eram para ele mais caros que qualquer outra forma de gratidão. Isso seguiu assim até a Primavera, quando a abundância da caça trouxe de volta lobos que não precisavam se aventurar pelos currais. Longe dos homens, iam vivendo o ciclo da morte e dos nascimentos, e, embora o lobo incapturável continuasse a surgir nas conversas dos aldeões, era agora sentido apenas como uma vaga ameaça, usada pelas mães para amedrontar as crianças e sobre a qual os velhos falavam num tom já levemente saudoso. As expedições à floresta foram suspensas, e as matilhas se sentiram livres para de novo ir e vir segundo a sua vontade.

Tal como eles, o caçador se movia em conformidade com o ritmo das estações. Era como sempre tinha vivido, exceto pelo curto tempo que passara nas cidades, e antes que as suas feridas cicatrizassem por completo já readquirira os hábitos antigos. Agora ele voltara a seguir o fluxo da Natureza, que em breve o levaria a partir, acompanhando os gamos até as pastagens de Verão. Para isso fez seus preparativos, arrumando as coisas que juntara na caverna e escolhendo com critério a pouca bagagem que podia carregar. Levaria apenas um arco e algumas flechas, pedras de fazer fogo, a faca e as roupas que cosera com tendões de animais. Uma pele de dormir seria pesada, mas tinha um manto capaz de aquecê-lo muito bem, e para finalizar fez uma espécie de mochila, que também servia como bolsa de caça e que suspendia com alças sobre os ombros largos.

Munido desse equipamento, ele se pôs a caminhar para o Norte, seguindo os primeiros gamos que partiam da floresta. Viajava de dia, e os lobos principalmente à noite, de forma que quase nunca se encontrava com algum; as diferenças de território eram respeitadas tanto pelos caçadores noturnos quanto pelo madrugador. Esse era um dos hábitos que haviam se modificado, pois, no tempo em que servia à rainha, o rapaz agia quase sempre à noite. Talvez fosse porque espalhava armadilhas, em vez de usar sempre arco e flecha como agora, mas talvez fosse também porque, naquele tempo, não tinha consciência de competir com os lobos. De qualquer forma, pouco importava: agora era livre para ir onde quisesse, sem nada a prendê-lo e sem ter de prestar contas a ninguém. Estava viajando, mas não por precisar se esconder, e a distância dos homens – e, principalmente, a pouca probabilidade de voltar a ser traído por um deles – o levou a deixar para trás a ideia de vingança. Acabou mesmo por ajudar o único ser humano que viu nesse Verão, uma moça maltrapilha e de face suja, que se embrulhava numa asquerosa pele de asno e que ele encontrou numa madrugada, dormindo ao pé de uma árvore. O caçador teve pena daquela criatura abandonada, com jeito de só no mundo e que talvez houvesse sido escorraçada de sua aldeia. Sem acordá-la, deixou ao seu lado um pedaço de carne seca e um punhado de amoras, e durante dois dias pensou nela com frequência, desejando que houvesse chegado a algum lugar e estivesse bem. De resto, não pensava em muita coisa mais, exceto as caçadas, e dentro delas decorreu toda a sua vida durante aquele Verão.

Perto do Outono, ele iniciou com os gamos o caminho de regresso, longe de imaginar que traria daquela viagem um motivo de inquietação para os próximos tempos. As mudanças que viriam dali seriam tão profundas que, depois delas, o caçador não teria sido capaz de se reconhecer naquele rapaz que descia das colinas, numa tarde abafada, com o arco às costas e uma lebre no cinto.

Cantarolando, despreocupado, ele estacou ao sentir o cheiro inesperado de um lobo. Não estranhou que estivesse tão perto, mas que aparecesse àquela hora do dia, com o céu ainda claro. Olhou então para os lados – e foi uma surpresa dar com um animal jovem, que havia libertado de uma armadilha no Inverno anterior. Saíra sem metade do rabo, mas ileso em tudo o mais e demonstrando boas disposições para vir a ser um dia um líder de matilha. Os dois trocaram uma saudação alegre, após a qual o lobo acenou com a cabeça, indicando uma gruta na encosta da montanha. Ali ele fizera o seu covil, junto com a companheira, e acabava de ser pai de quatro filhotes, que agora queria mostrar ao velho amigo.

Ajoelhado no chão da gruta, o caçador tocou o pelo dos lobinhos, tão frágeis e macios e que prometiam vir a ser tão fortes, e sentiu crescer em si uma onda de afeto que quase o fez chorar. Aquilo era uma família, pensou – ou melhor, apenas compreendeu, porque todo o seu pensamento se condensava naquela súbita e única dor. Pela primeira vez, ele se lembrou dos planos que fizera para si e a princesa de cabelos negros, e seu peito se apertou ainda mais ao pensar que já poderiam ter uma criança, se tivessem ficado juntos desde que ele escapara da masmorra. Toda a sua vida teria sido diferente se ela estivesse ao seu lado. Não era assim que devia ser, ele sabia – tudo acontecera de outra forma, apesar dos seus esforços, e qualquer coisa que tivesse feito a mais teria sido um erro –, mas, embora já não pensasse na princesa como sua companheira, voltou naquele instante a desejar ter uma, e se sentiu cansado e triste ao retomar a viagem sozinho, com o cheiro dos filhotes nas mãos e no peito um espaço dolorido e vazio.

De volta à sua gruta, esperavam-no os trabalhos do Verão, principalmente curtir peles. Isso serviu para fazê-lo lembrar que dormiria nelas sozinho. Era ainda pior quando punha carne para defumar, pois, se antes levava quase tudo que caçava para a rainha, agora a quantidade de comida que tinha lhe parecia exagerada; ele pensava que não havia ninguém com quem dividi-la e tinha vontade de atirar ao fogo os pedaços inúteis. Essas coisas não chegavam a lhe tirar o prazer de viver na floresta, mas agora andava sempre inquieto, só repousando nos momentos em que o sono era muito profundo. Ele tentou se ocupar e se cansar de propósito, fazia excursões a lugares longínquos e corria pela floresta, mas os resultados não foram tão bons quanto esperava. Por fim, numa inspiração súbita, decidiu passar o resto do Verão numa caverna distante, um lugar onde teria de ter mais cuidado para não ser descoberto, porque lá a floresta era menos densa e a estrada mais percorrida. Talvez as novas preocupações o livrassem dos pensamentos tristes.

Antes de empreender a mudança, ele passou uma noite na aldeia, ouvindo conversas por trás das portas, a fim de saber como estavam as disposições para a caça aos lobos na estação seguinte. Para sua surpresa, ninguém falava mais no animal que tanto os preocupara e enraivecera no último Inverno, e assim o rapaz se sentiu seguro para partir. Na caverna anterior tinha ficado uma reserva de comida, para o caso de vir a precisar; mas fazer tudo de novo, abastecer o novo abrigo, manteria os seus pensamentos distantes do que o incomodava, e por isso ele se lançou ao trabalho com entusiasmo, dedicando os intervalos a explorar o novo território.

O lugar escolhido se mostrou ainda melhor que o de antes. Mais animais podiam ser achados ali, e o terreno era atravessado por um rio onde nadavam grandes peixes prateados. O caçador vivia junto a uma cascata, na parte mais aprazível, e nos primeiros tempos nunca teve a necessidade ou o desejo de seguir o curso até o fim. Dias mais tarde, porém, já instalado com todos os confortos e cansado de fazer sempre as mesmas coisas, resolveu descer ao longo do rio, e após uma longa caminhada avistou uma ponte de pedra unindo as duas margens. Numa ficava a estrada já conhecida, que levava à aldeia; na outra havia uma clareira cercada por troncos, onde, para sua surpresa, se erguia uma casa grande, com o terreno à sua frente limpo de pedras e ervas rasteiras.

Com todo cuidado, o rapaz se aproximou, escondendo-se entre as folhagens a fim de não ser visto pelo grupo diante da porta. Eram cinco mulheres – uma de idade e quatro bem mais novas –, que examinavam, todas juntas, o conteúdo de um cesto. Uma das moças tirou de dentro um pãozinho, mordeu-o e deu o resto a um gato amarelo e peludo, e logo as outras três começaram a disputar as guloseimas. Eram bonitas, mas, por alguma razão, traziam ao caçador uma sensação incômoda, quase angustiante, que se acentuou ainda mais quando olhou para a velha.

Decidido a não voltar, deixou a margem do rio, enveredando pela orla da floresta. Ia no sentido da estrada, invisível a quem passasse por ela a caminho da ponte ou da aldeia. Enquanto andava, pensava nas mulheres que tinha visto, procurando em vão compreender por que se sentira mal. Eram jovens e risonhas, à exceção de uma, e esta não tinha nada que fosse assim tão repulsivo. Nas aldeias vira gente bem pior, com úlceras e dentes negros, e não desviara o olhar. Por que isso, agora?

Sem resposta às suas próprias dúvidas, ele seguiu caminho. Seu passo largo equivalia a dois ou três da maioria dos homens, por isso não se surpreendeu ao ver que alcançara outro viandante, alguém que seguia a estrada para a aldeia, cantarolando alegremente ao som de sua própria marcha. Era apenas uma mocinha – um olhar cauteloso, por entre arbustos, confirmou a impressão causada pela voz –, mas, embora não oferecesse perigo, nem parecesse diferente do comum com suas tranças e roupas simples, havia alguma coisa nela que atraiu a atenção do caçador. Nunca, antes, ele vira alguém caminhar assim aos saltos, cantando, nem vira uma pessoa ter tanto prazer em dançar e dar voltas em torno de si mesma. Isso o deixou tão maravilhado que ele a seguiu, aproximando-se cada vez mais da aldeia, até perceber que a partir dali corria o risco de ser descoberto. Depois, embora nenhum trabalho urgente o esperasse, apressou-se no caminho de volta, tentando vencer a ansiedade através do movimento; chegou à sua gruta cansado e arquejante, atirou-se sobre as peles e passou o resto da tarde pensando na garota.

O que, exatamente, chegou a pensar, se foram apenas lembranças ou se chegou a sonhar alguma coisa, nem ele saberia dizer. Ao contrário do que esperava, não precisou caminhar, nem mergulhar em qualquer trabalho para vencer a inquietude, apenas se deixou ficar ali, com o corpo em repouso e os olhos perdidos, sem consciência do que começara a brotar dentro dele instantes atrás. Quando adormeceu, sonhou com a princesa, o que em geral o angustiava, mas dessa vez lhe trouxe alívio. No sonho, ele pegava em sua mão e a unia à mão frágil do príncipe, via-os montando a cavalo e se distanciando; e quando por fim desapareceram, o caçador sentiu que um grande peso acabava de ser retirado de suas costas.

Ao acordar, na manhã seguinte, ainda se sentia bem, embora não se lembrasse do sonho. Da moça, ao contrário, lembrou-se antes de deixar o calor das cobertas, e pela primeira vez prestou atenção ao prazer que lhe dava o contato do pelo macio contra sua própria pele. Foi um tanto contra a vontade que se levantou naquela manhã. Apesar disso, seu bom humor permaneceu durante aquele dia e ao longo dos próximos, e ele trabalhou com alegria, sem ter que se cansar para poder dormir. Por fim, empreendeu uma excursão à velha caverna a fim de se despedir do Verão. Trouxe de lá o manto mais quente, pois as noites iam começar a esfriar, e talvez acabasse decidindo viajar no fim do Outono, acompanhando os gamos, como fariam os lobos jovens. No entanto, não queria partir sem rever a garota da estrada – e por isso foi até perto da ponte, onde a vira pela primeira vez, e ficou à espera de que ela aparecesse.

A noite começava a cair quando finalmente ouviu o ruído de passos na estrada e de vozes que cantavam. No entanto, não era ela, e sim um grupo de homens da aldeia, encaminhando-se para a casa da clareira. Curioso, o caçador se aproximou e viu os homens serem recebidos pela velha, a quem beijavam a mão, fazendo reverências exageradas e um tanto grotescas. Suas vozes, quando a porta foi fechada, se misturaram com as das mulheres, e logo se ouviam risos e música e todo tipo de ruído.

Embora não demorasse a adivinhar o que faziam, o caçador permaneceu em suspenso, sem distinguir naqueles sons nenhum sentimento, nem sequer o instinto que levava os animais a se juntarem. Nas aldeias, vez por outra, ouvia os mesmos ruídos por trás das portas e janelas, e eles jamais o haviam abalado, mas naquela casa pareciam fora de propósito. Seria certo aquilo – comprar e vender o que em princípio devia ser apenas compartilhado?

De volta à sua caverna, ouvindo os lobos uivarem pelas colinas, pensou durante um bom tempo no que vira e ouvira, e no final se sentiu aliviado por não ter encontrado a moça perto dali. Uma vez, é verdade, ela viera daquela direção, mas estava retornando à aldeia – e com essa conclusão seu coração disparou, porque lhe veio à cabeça a possibilidade de que fosse o contrário, de que ela tivesse ido ao povoado por alguma razão e depois fosse regressar àquela casa, e que estivesse agora com aqueles homens, rindo e bebendo com eles, para então em seguida...

Mas não, pensou ele, respirando fundo. Não podia ser. As outras mulheres não eram velhas, longe disso, mas, na sua idade, muitas já estavam carregadas de filhos. A garota da estrada era tão jovem quanto a princesa de cabelos negros, que as mulheres da cozinha diziam ter apenas chegado à idade de se casar. Isso há várias estações, quando o caçador era um rapazinho e não um homem como agora. Ele sorriu, quase divertido ao olhar para trás e perceber a inocência do jovem que pensara em partir com a princesa, que se deixara encantar pela ideia de filhos e de uma família, sem suspeitar de que isso passava pelas sensações que o invadiam agora. Pois também ele havia mudado ao longo das estações, em pensamentos e em desejos, e precisava lidar com eles como com qualquer coisa nova, um pouco fascinante, um pouco assustadora. A moça da estrada tinha muito a ver com isso – e, embora tudo ainda fosse nebuloso, o caçador sentia crescer dentro dele algo que exigia que não a perdesse de vista.

Assim, deixando mais uma vez que a intuição o guiasse, foi caçar perto da aldeia no dia seguinte, e no início da tarde se escondeu à margem da estrada, onde pouco depois a viu aparecer. Estava cantando, balançando na mão uma cesta de palha; rodopiou e dançou até o caçador perdê-la de vista, e foi então que ele começou a segui-la, com a angústia crescendo no peito à medida que ela se aproximava da casa. Sofreu agonias quando a viu cruzar a ponte – esteve a ponto de impedi-la de bater à porta e entrar –, mas seu coração se acalmou ao ver que ela não passava lá dentro mais que alguns instantes, insuficientes para o que quer que fosse. Ao deixar a casa, vinha com o cesto vazio, uma moeda apertada na mão e um sorriso nos lábios; quando passou de novo pela ponte, o caçador voltou a segui-la no caminho inverso, e viu que regressava à aldeia e não a deixava mais.

Isso não se repetiu nas duas tardes seguintes, mas na terceira sim, e foi quando o caçador resolveu ir à aldeia durante a noite, para tentar achar a casa em que ela morava. Era a primeira vez que procurava saber sobre alguém, não apenas juntar trechos da conversa comum a todos, e no princípio se sentiu muito confuso. Quase desanimou ao perceber que ninguém falava sobre a garota. No entanto, o que o atraía para ela era muito forte, e ele perseverou até que, tendo finalmente conseguido vê-la, passou a se refugiar todas as noites na sombra dos arbustos junto à sua casa.

O Verão terminou e o Outono trouxe dias cada vez mais frescos, que deveriam levar ao reinício das migrações. O caçador, porém, se esquecera desses planos antigos, ocupado com suas vigílias na aldeia. Quando deu por si, os gamos e lobos já se haviam posto a caminho, deixando-lhe como alternativas uma partida imediata ou um longo Inverno vivendo das suas reservas. O mais certo, para um jovem como ele, teria sido partir, pois aquelas terras eram pequenas e tinham homens demais para os lobos que ficavam; mas os lobos seriam caçados de qualquer forma, ele podia mesmo ajudá-los como da outra vez, e nem precisou de outras razões para tomar a decisão de permanecer na floresta. Na verdade, uma só teria bastado, e essa era a moça com quem agora o caçador sonhava todas as noites.

Os sonhos eram cada vez mais perturbadores. Não o assustavam, mas o despertar era tenso, insatisfeito, impaciente. Ele tentava resistir, ocupava-se o quanto podia com suas caçadas e demais trabalhos, mas seus pensamentos nunca deixavam a garota, e no final sempre voltava a se esgueirar sob sua janela. Já sabia alguma coisa a seu respeito, ou pelo menos sobre o jeito como vivia, com dificuldade, embora nunca tivesse chegado a passar fome. O pai tinha sido lavrador, e a mãe, agora viúva, fazia vários trabalhos, fiando lã, costurando e ajudando a colher frutas em pomares alheios. Seu trabalho mais frequente, porém, era com as mulheres da clareira, em especial a velha, a quem mãe e filha se referiam como a *avó*, embora não tivessem nenhum parentesco. A viúva lhe preparava uma cesta de pães e doces a cada três dias, e a menina era incumbida de entregá-la, uma das muitas coisas que fazia para auxiliar a mãe. Isso explicava seu costume de cantar e dançar quando ia entregar a cesta: aquele era todo o tempo que tinha para si mesma.

Ao compreender isso, o caçador sentiu por ela ainda mais ternura do que antes, e até mesmo um pouco de simpatia pelas moças da casa, uma vez que proporcionavam à menina um intervalo no trabalho duro. Passada a primeira impressão, já não sentia aquele mal-estar diante delas, embora preferisse continuar mantendo distância. Eram criaturas sem muito brilho, mas não eram más; e quando, certa manhã, viu uma das quatro atravessar chorando a estrada, carregando seus poucos pertences como se a houvessem expulsado, seu coração se apertou, compreendendo que em todas havia uma grande e invencível tristeza.

Apesar do tempo mais frio, os homens continuavam a visitar a casa. Voltavam tarde da noite para a aldeia, onde suas mães e mulheres os esperavam sempre com as luzes acesas. Nenhuma delas aprovava o que faziam, e muitas vezes o caçador ouviu os sons de brigas violentas. Às vezes até mesmo de pancadas, quando o homem se sentia insultado ou havia bebido demais. Em raras ocasiões havia arrependimento e pedidos de perdão, mas, além do vozerio e das discussões, o som mais frequente era o do choro das mulheres. Só uma vez ele ouviu o de um homem: um rapaz muito novo, que na primeira ida à casa grande se apaixonara por uma das moças. Queria se casar com ela e trazê-la para a aldeia, era o que afirmava entre soluços ao pai furioso, enquanto a mãe, também em lágrimas, lembrava sua promessa de casar com a menina do vizinho. A certa altura, a conversa passou a soar estranha, pois, por algum motivo, deixaram de lado a paixão para discutir sobre terras e dinheiro, mas, até o ponto em que a entendeu, a história trouxe ao caçador novas ideias e uma nova compreensão.

Sim, ele também queria falar com a garota da estrada, ele que a seguira por tanto tempo que agora tinha a impressão de conhecê-la como a si mesmo. No entanto, se pudesse lhe falar, o que diria? Que ficava noites inteiras pensando nela, que passava o dia todo à espera de vê-la, que tinha com ela estranhos sonhos onde se misturavam a ternura e o desejo? Como dizer coisas assim sem assustá-la?

O caçador ainda pensava sobre aquilo quando caiu o primeiro granizo, pedras enormes e pesadas que, pegassem de mau jeito, poderiam machucar de verdade. Isso o manteve na gruta por um tempo, e foi quando verificou que suas reservas de carne tinham diminuído. Nada bom, visto que o Inverno ia ser ainda mais duro que o anterior. Ele considerou voltar a montar armadilhas, o que talvez trouxesse melhores resultados. Por outro lado, o uso daqueles meios o reaproximaria dos homens, e não queria contar com mais que o arco e a faca para disputar a caça com os lobos. Talvez até somasse forças com algum dos solitários, como no Inverno anterior. Já tinha visto dois ou três conhecidos, e, pelos sinais que lhe mandaram, sabia que seria aceito como parceiro; só estava indeciso sobre juntar-se a eles porque isso o obrigaria a caçar à noite, e agora suas noites eram dedicadas à garota. As reservas, contudo, estavam baixando rápido, e por fim o instinto de sobrevivência o fez decidir: renunciaria a algumas noites de vigília. Teria de ser assim, de qualquer forma, quando nevasse, e antes disso ainda haveria noites de bom tempo, nas quais poderia se agachar nas sombras e ouvir a voz da menina pelas frestas da janela. Era o máximo a que se arriscava, pois não queria se expor ao perigo de ser visto pelos aldeões, embora sempre pudesse se apresentar como um simples viajante; isso não garantia que o tratassem bem, pois os homens não gostavam de nada nem de ninguém que lhes fosse desconhecido, mas provavelmente o deixariam partir sem maiores problemas.

A não ser que o vissem correndo com os lobos ou os ajudando a sair de uma armadilha.

Elas estavam espalhadas por toda a floresta. Diferentes das que ele fazia quando era o caçador da rainha – uma fossa coberta com folhas; um laço preso a um galho flexionado –, estas consistiam em pesados engenhos de ferro, semelhantes a uma boca com dentes pontiagudos, que às vezes se enterravam até o osso. Muitos animais teriam morrido não fosse pelo caçador, que desarmava as armadilhas vazias e soltava todos os lobos que encontrava presos. Não costumava pilhar as que apanhavam outros animais; por outro lado, não podia impedir que os lobos o fizessem, nem que os homens agissem em represália.

À medida que os laços para pássaros e lebres iam desaparecendo, dados como inúteis, mais e mais garras de ferro iam sendo armadas na floresta e na encosta da montanha. As batidas também recomeçaram, antes mesmo que a fome apertasse a ponto de levar alguns dos lobos a atacar os redis. Esse foi um momento que o caçador tentou evitar ao máximo, sabendo que os exporia a um perigo ainda maior; mas os lobos já conheciam o gosto das cabras e das ovelhas e não estavam dispostos a trocar a presa fácil por estômagos roncando, ainda que com isso tivessem um pouco mais de segurança. Como no Inverno anterior, vários deles visitaram a aldeia, onde as conversas voltaram a girar em torno do Príncipe dos Lobos, provocando discussões tão fortes que era como se o animal não tivesse desaparecido durante três estações. Pois ele *tinha* realmente sumido, não estava entre os lobos ordinários e ganidores que tinham sido vistos durante o ano nem voltara a assaltar currais, e só agora, com o Inverno adiantado, voltava a fazer os seus estragos nos rebanhos da aldeia. Esses eram, na verdade, os únicos sinais visíveis, pois as marcas de mão humana nunca mais apareceram, decepcionando os que ainda procuravam conquistar adeptos para a ideia de um castigo divino.

Assim, desta vez não chamaram o clérigo, mas começaram a vigiar os rebanhos dia e noite e a vasculhar a floresta acompanhados de cães. Por fim, passaram a se revezar na tarefa de percorrer a aldeia e as fazendas em redor, do início da noite até a madrugada, a fim de se antecipar a mais alguma visita. Isso foi um desastre para o caçador, porque a vigilância o obrigava a se afastar da casa da garota. Ainda tentou entrar na aldeia duas ou três vezes, mas quase foi descoberto. Na última noite, era tão grande a vontade de vê-la que ele se descuidou, deixando-se ficar contra o vento, de forma que o seu cheiro foi direto aos focinhos dos cães. Mais ferozes que os lobos

– assim os tinham tornado seus donos –, eles se lançaram em seu encalço por um longo trecho da floresta, fazendo-o correr até quase a exaustão. Como pôde, arremeteu por dentro de lagos e poças de neve derretida, correndo em vários sentidos para fazê-los perder o rastro; mas os animais eram bons farejadores e estavam famintos, e o caçador só escapou de ser despedaçado por suas presas porque alguns lobos surgiram de entre as árvores e se atiraram sobre os cães para ajudar o amigo.

Vencido o primeiro confronto, o líder da matilha se voltou com olhos faiscantes, e o caçador soube que o avisava para fugir. Ainda hesitou um instante em deixar os companheiros em meio à batalha, mas logo compreendeu que não podia fazer nada sem o arco e correu em direção ao coração frio da floresta. A luta foi retomada, e pelos sons ele sabia que os lobos estavam vencendo, mas mesmo assim se culpava por tê-los feito vir em seu socorro quando já corriam tantos riscos. Era melhor se afastar da matilha, decidiu, assim que chegou a um lugar seguro e pôde refletir. Antes viver por conta própria que causar problemas, para os lobos e para si próprio. Pois mesmo em sua angústia ele sabia que só uma distância intransponível o impediria de se arriscar para estar perto da menina.

Ela fora o seu último elo com o mundo dos homens naquele Inverno, e durante um ou dois dias ele não fez muito mais do que recordar seu rosto e sua voz. No entanto, como sempre, acabou por se adaptar ao ritmo da estação, fazendo o melhor possível, com o pouco que tinha, a fim de sobreviver a mais um Inverno na floresta. Porque ele *ia* sobreviver: disso não tinha a menor dúvida. Estava em ótima forma, sabia onde achar recursos, tinha instinto e coragem suficientes para vencer qualquer batalha contra o frio e a fome. Quanto aos homens, estando longe da aldeia, não tinha com o que se preocupar. Não ousavam se aventurar nas terras selvagens onde ele andava, e de qualquer maneira deviam ter muito que fazer, defendendo o rebanho sem a metade dos cães e tentando arrancar o sustento da terra sólida e gelada. Alguns deviam estar bem, como sempre, pois os homens sempre arranjavam uma forma de fazer senhores a quem se submeter, ainda que estes oprimissem e até zombassem dos menos afortunados. Prova disso foi ter encontrado, na parte menos densa da floresta, uma trilha formada por pedacinhos de pão, atirada ali por alguém que com certeza não sentia os efeitos da fome; irritado com o desperdício, o caçador desfez a trilha a pontapés e deixou em paz os pássaros que vieram comer os pedaços espalhados por todos os lados.

A ocasião foi das poucas em que não aproveitou qualquer coisa comestível que encontrasse, pois, além das dificuldades para conseguir caça, não tinha onde armazenar a carne. Quando abatia um animal um pouco maior, enterrava uma parte na neve, e assim tinha garantidas algumas refeições, desde que pudesse continuar por perto; quando achava uma gruta, qualquer lugar seco e abrigado, fazia fogo e defumava o que tivesse no momento. Assim se mantinha forte o suficiente para seguir as trilhas, que às vezes o levavam a caminhar e correr sem descanso por mais de um dia e uma noite.

Foi graças a essas pequenas reservas que sobreviveu quando uma nevasca o encurralou em uma toca estreita. Só tinha entrado ali para dormir, mas um longo tempo se passou até que a neve da entrada derretesse e o deixasse se arrastar para fora. Ao compreender que seria assim, ele não se abalou, pois sabia muito bem o que devia ser feito: escavou um pequeno buraco para a entrada de ar, deitou-se com as mãos entrelaçadas sobre o estômago e se limitou a dormir. Vez por outra, punha na boca um pouco de neve e comia um naco de carne seca, voltando depois a fechar os olhos, tranquilo como um urso à espera da Primavera. Não era de todo mau descansar um pouco depois de tanta atividade. Se não tivesse comida ou se esta chegasse ao fim, escavaria um túnel como tinha feito na masmorra; mas o mundo lá fora não oferecia mais atrativos que aquela toca, e assim ele se deixou ficar até que o degelo lhe permitisse sair sem esforço.

O rigor maior do Inverno já havia passado quando o caçador deixou seu esconderijo. Ao emergir, foi saudado por um tímido raio de Sol, e este o acompanhou até o riacho mais próximo, em cuja superfície flutuavam pedaços de gelo. Após ter se lavado um pouco – era preciso coragem para fazê-lo –, ele se aqueceu com uma pequena fogueira, e depois esfregou as cinzas no manto para tirar o cheiro da toca, que fora habitada no Outono por uma família de raposas. Comeu o último pedaço de carne de sua reserva, esperou que caísse a noite e recomeçou a caminhada, ainda sem saber o que faria nos próximos dias. Em toda a floresta, aquele era um período de luta e recolhimento, mas também de preparação para o que vinha a seguir; e tal como as sementes, que brotariam na Primavera, assim também o caçador devia esperar a vinda de um novo ciclo, quando sua dor seria compensada pelo presente que a vida começara a preparar para ele.

Voltou à sua gruta no final do Inverno, quando as lebres já punham o focinho para fora das tocas e os pássaros cantavam em mil diferentes tons na copa das árvores. Nenhum homem tinha estado ali, pois o acesso à gruta era difícil e a entrada fora bem disfarçada, e assim o caçador teve a satisfação de encontrar intocados os utensílios e as roupas que tinha feito no Outono. Isso acendeu nele uma espécie de entusiasmo, e não demorou até que se decidisse a tomar um banho no rio e vestir roupas novas para a ida à aldeia. Pois era o que devia fazer: visitar a aldeia e saber como estavam os ânimos em relação aos lobos. Quando chegasse a alguma conclusão, iria então à casa da garota, para celebrar a chegada da Primavera ao som da sua voz. Antecipava com prazer essa parte da visita; a primeira não lhe agradava muito, mas, por uma questão de prudência, impôs a si mesmo o dever de percorrer a aldeia antes de fazer o que realmente lhe interessava.

A alguns passos de onde ela estava, o caçador encostou o ouvido a outras portas e janelas, tirando algumas conclusões das conversas que ia apanhando aqui e ali. A princípio, elas o deixaram satisfeito, pois os aldeões pareciam mais interessados em discutir o trabalho nos campos do que em perseguir lobos. No entanto, à medida que ouvia, foi compreendendo que muitos estavam em situação difícil, tanto pior quanto menos possuíam, e que houvera até mesmo mortes entre os muito pobres; e como, por tudo que descobrira em suas vindas anteriores, a moça era uma dessas pessoas, ele correu para as sombras da sua casa, a fim de saber o que, nesses tempos de fome, acontecera com ela e com a mãe de quem parecia gostar tanto.

Havia uma luz acesa dentro da casa, o que era um bom sinal, mas ele não conseguiu afastar seus piores temores até que ouviu a menina falar. Ainda assim, seu coração continuou apertado, pois a voz alegre de que se lembrava havia mudado muito. Agora ela parecia cheia de tristeza, a qual, no entanto, a moça procurava disfarçar ao anunciar que suas coisas já estavam prontas.

– Sim, sim, não se esqueça de nada – disse a mãe, fingindo uma indiferença que não existia. O caçador soube então que alguma coisa importante estava prestes a acontecer. Contendo-se para não fazer nenhum barulho – até a sua respiração poderia traí-lo –, ajeitou-se contra a parede úmida e fria, apurou o ouvido e procurou entender.

Numa voz que parecia a de uma mulher muito velha, a mãe dizia agora que não restava mais nada a fazer, que o que tinham decidido era o melhor para a garota e que talvez fosse a salvação de ambas. Com isso, a filha recuperou um pouco da sua antiga energia, dizendo que o fazia pela mãe, mas que, se fosse sozinha no mundo, teria preferido ir para a floresta e viver de folhas e raízes. A mãe deixou escapar um longo suspiro antes de afirmar que isso seria impossível, pois apenas animais ferozes podiam viver no mato; e já que falavam no assunto, a menina que tivesse cuidado com o Príncipe dos Lobos, quando ao amanhecer fosse para a casa da avó.

A conversa foi encerrada com brusquidão, sucedida pelo barulho de pessoas se despindo e entrando na cama. O caçador escutava cada ruído com angústia; quando da casa agora escura veio o som do choque de corpos – mãe e filha se abraçando e desatando em soluços –, sua tensão chegou a um ponto quase insuportável. O único remédio possível foi fugir, correr o quanto podia para longe dali, e, uma vez distante da aldeia, encher a floresta com o eco dos seus gritos.

Foi a única forma de desabafar, de se aliviar do peso da dor e da impotência, quando se via tão próximo da moça e não podia abraçá-la. Queria consolá-la, queria abraçá-la, queria qualquer coisa que a fizesse ficar alegre de novo, mas, sobretudo, queria poder partilhar com ela toda a força do seu corpo e da sua alma. Nunca teria outra oportunidade se não fosse agora; e sendo assim, decidiu ele num repente, agora era o momento certo, e o encontro que por tanto tempo fora adiado passara a ser urgente e fatal. E sem pensar se devia ou podia, sem se importar com o que aconteceria no futuro, o caçador caminhou até perto da estrada, no ponto exato em que a distância era a mesma entre a aldeia e a ponte, e esperou com os olhos fechados que lhe chegassem a moça e a manhã de Primavera.

Começou com o cheiro vindo pelo ar, um leve suor de menina e a baunilha com que ela perfumara os cabelos. O caçador abriu os olhos e afastou os arbustos à sua frente para ver a moça. Ela vestia um comprido manto vermelho, com um capuz que ensombrava ainda mais os seus olhos tristes. Ao vê-la surgir assim, só e desolada contra aquele céu de um azul tão vivo, ele também entristeceu, desejando como nunca trazer de volta o sorriso que o cativara desde o primeiro momento; e, ao compreender por fim a intuição que o fizera aparar a barba e vestir roupas novas, substituindo sua figura selvagem pela de um príncipe da floresta, abençoou em silêncio a mão da vida, que o empurrava para diante da moça no momento em que ela precisava.

O caçador esperava uma reação de medo, ou ao menos de susto, quando surgisse como que por mágica no meio da trilha. Era possível mesmo que ela corresse, e ele teria de ir atrás para se fazer ouvir, pedir que lhe contasse por que sofria e que o deixasse ajudá-la. Sua expectativa, no entanto, foi contrariada, pois a moça não se moveu ao avistá-lo, apenas o encarou com os olhos e o rosto sério. De pé, segurando a cesta à sua frente, observava o estranho rapaz que vinha ao seu encontro, e nem o céu poderia saber o que a fazia agir dessa maneira.

O caçador parou à distância de dois passos, fitando-a, ele também, com o olhar um pouco mais duro e a boca contraída. Devagar, com o cheiro dela preso na garganta, ergueu as mãos e lhe tocou os ombros, sentindo os ossos frágeis como os de um pássaro sob seus dedos. Com isso, ela teve um movimento de recuo, e ao percebê-lo ele tentou sorrir, falando rápido antes que acabasse por perder a coragem.

– Não quero você triste. – Vinda de um completo desconhecido, a afirmação devia soar de um jeito estranho, mas ela baixou a cabeça, como se ele fosse um amigo a quem não desejasse magoar. – Quero você alegre, como antes do Inverno. Eu via você passar, cantando e dançando, e isso me deixava feliz. Eu...

Balançou a cabeça, sem saber como continuar porque tinha muito a dizer. Ela ergueu de novo o rosto para ele e sorriu, embora tivesse os olhos cheios de lágrimas. O caçador soltou um de seus ombros e a tocou de leve na face, depois baixou a mão e pegou o cesto. Livre do peso, a mão dela pousou em seu pulso, e ele estremeceu, sentindo que seus corações batiam quase no mesmo compasso.

– Talvez eu deva deixar isso aí – murmurou a garota, mais para si mesma do que para ele. – Lá onde vou, pode ser que nem precise dessas coisas.

O caçador olhou para o cesto e se inquietou ao perceber que não continha doces e sim algumas peças de roupa. Sem querer acreditar, embora tivesse compreendido desde o princípio, ele lhe perguntou então para onde ia; e poderia ter esperado muitas coisas como resposta, uma explosão de choro ou uma praga, mas nunca aquela risada nervosa que a deixava tão diferente de si mesma. Ele a soltou, recuando alguns passos, e ela cerrou os punhos no esforço de se controlar.

– Vou para onde sempre fui, como você pode ver – disse, respirando fundo. – Mas dessa vez não levo doces, vou para ficar. Não queria fazer isso, por mim iria embora da aldeia, mas a avó nos ajudou nos tempos da fome, e agora não para de insistir. Diz que vai cuidar de mim, que é o melhor que tenho a fazer. E minha mãe... Sozinha, ela não poderia...

Sua voz diminuiu de intensidade; ela baixou a cabeça e passou a mão pelo rosto. Aquele fora um desabafo inesperado. Antes, talvez, tivesse protestado, mas tudo fora em vão, e agora a tinham feito acreditar que não tinha outra saída. Fora isso que a levara a encarar serenamente um desconhecido, a ouvir sem surpresa que ele a seguira durante muito tempo, a se deixar tocar por suas mãos; e a mesma convicção a levaria a seguir até a casa da avó, se o caçador não se colocasse entre ela e a estrada, com os olhos faiscando de uma fúria justa.

– Sabe o que vão fazer com você se for lá? – perguntou, com os dentes cerrados, pronto a rasgar em pedaços os homens que iriam disputar a sua primeira vez. Ela se retraiu, e o rapaz deixou cair a cesta e a puxou para perto de si. Poderia matar ou morrer para protegê-la, para impedir que a usassem como ele próprio fora usado, até mesmo por aqueles que julgara seus amigos. Eram vingativos e egoístas, e ao mesmo tempo covardes; isso valia também para os da aldeia, embora ele nunca lhes tivesse dirigido a palavra. Quando, fraco demais para caçar, assaltara os currais, tinha deixado a marca de sua mão para avisá-los de que deviam perseguir um homem e não um lobo, mas preferiram inventar histórias fantásticas a acreditar que alguém vivesse como ele. E ainda diziam às crianças que tivessem cuidado! Seu rosto se contraiu num sorriso amargo ao se lembrar de como a mãe da moça a advertira. Ter medo de um lobo, quando a estava entregando aos homens? Lobo nenhum poderia feri-la mais do que eles.

– Preciso ir – murmurou a moça, sem, no entanto, tentar sair do seu abraço. – Estão todos à minha espera, e já é tão tarde...

– Não, não é tarde – disse ele, e a apertou ainda mais, angustiado por não saber se ela falava do caminho ou se pensava ser tarde demais para que ele entrasse na sua vida. Ficaram assim algum tempo, coração a coração, até que a tensão cedesse e um choro manso, silencioso, sacudisse os ombros da garota. Foi só então que o caçador achou como dizer o que sentia. Ou melhor, achou um jeito de demonstrá-lo. Pois nenhuma palavra, vinda desse filho da floresta, teria falado melhor de amor do que as suas lágrimas.

E foi assim, chorando junto com ela, que ele fez a proposta. Sabia que ela pensara em deixar a aldeia, sobreviver do que a terra lhe desse, e estava pronto a ajudar. Seria seu instrutor, seu guia, seu amigo, e sim, queria muito ser seu companheiro, se ela também o quisesse. Aquilo demorou a sair, e tanto as palavras quanto os gestos foram desajeitados; mas tudo era límpido e sincero, um raio de luz trespassando a escuridão, e as lágrimas eram as primeiras que a moça via nos olhos de um homem. E no seu reflexo ela vislumbrou um futuro ainda impreciso, no qual, porém, podiam muito bem se desenhar os seus próprios sonhos.

Aquele rapaz não viera até ela simplesmente pelo desejo, como os que iria encontrar na casa da avó. Também não era como os homens da aldeia, que escolhiam as mulheres pelo que traziam de dote ou, se elas fossem pobres, pela habilidade em costurar e fazer tortas de carne. Como nenhum outro, o que o caçador amava nela era a sua alegria; e a moça soube que não tardaria a encontrá-la de novo quando, ao decidir seu caminho, aceitou a oferta para que o trilhassem juntos.

– E minha mãe? – perguntou, com um último receio. O caçador sorriu e a tranquilizou, dizendo que não iam abandoná-la.

– Podemos viver juntos, os três – disse –, mas, se ela não vier para a floresta, vou levar carne para ela e lenha para a lareira. Você vai querer dormir lá, com saudade, e a casa é tão fria...

– E a avó? Não vamos lhe dizer nada? Porque ela nos ajudou – acrescentou a moça. – Deveríamos ir lá e explicar o que aconteceu. Ela não é uma mulher má. Nenhuma delas, na verdade.

O rapaz franziu a testa, sentindo suas feições endurecerem. Num primeiro momento, não soube o que pensar, mas uma primeira conclusão veio rápido: ele odiava aquela casa e o que faziam ali, mas não poderia odiar aquelas mulheres. Nem mesmo a avó, que talvez tivesse passado pelo mesmo e se modificado de acordo com a experiência. Os homens que iam à casa, esses sim... Ou não seriam todos?

E subitamente o caçador respirou fundo, atordoado com a compreensão de que mesmo os homens tinham sido moldados àquela maneira desde crianças, e que o seu ódio por eles refletia aquilo que ele abominava em si mesmo. Por causa de um lobo, eles moviam guerra contra toda a floresta e a enchiam de horríveis armadilhas; por causa de algumas pessoas, o caçador voltara as costas a todas elas. Nem mesmo levara em conta o fato de que, embora preferisse a companhia dos lobos, nunca deixara de ser um homem, e dentro dele havia luz e sombra como em todos os outros.

E a sombra cresceria mais e mais, e engoliria a luz, se ele decidisse alimentá-la.

A ideia o fez estremecer e estreitar a moça contra si. Numa visão muito rápida, passou-lhe pela cabeça ir com ela até a casa grande, ou ir sozinho e dizer que não a esperassem, nem naquela noite, nem nas que estavam por vir. No entanto, a ideia de ir falar com a avó, que talvez espalhasse a novidade sobre um homem estranho vivendo na floresta, o fez desistir e concluir que o melhor seria deixar-lhe à porta um bonito gamo, cuja carne e pele iriam compensá-la pela ajuda que prestara à garota e à sua mãe. Ao menos nos primeiros tempos, não queria ser perturbado, nem ter que dar satisfações às pessoas da aldeia. Também não queria ser obrigado a partir, pois a Primavera era o tempo do amor e não das migrações. Talvez, no futuro, resolvesse ir embora dali, e quem sabe até encontrasse homens e mulheres de quem se tornar amigo; mas, por agora, preferia continuar a ser o que era, vivendo do que lhe desse a floresta, ao lado daquela que seria sua companheira para sempre.

O caçador baixou os olhos para a moça e sorriu ao ver o Sol iluminar-lhe o rosto. Ela deixara de chorar dentro do seu abraço, e agora o olhava com intensidade, reconhecendo a ternura nos olhos do rapaz e descobrindo o gosto do mel por trás dos seus dentes de carnívoro. Por muito tempo ficaram fazendo planos, até que o rumor de uma carroça vindo pela estrada os fez entrar na floresta, para se refugiar junto à gruta onde fariam a sua primeira morada. Ali não cabia mais falar, mas apenas se abandonar à descoberta um do outro, deixando que as suas vidas se fundissem como a cascata nas águas do rio.

Quando o Sol sobre eles ficou mais forte, o caçador abriu o fecho que lhe prendia o manto, despindo com cuidado a pele do lobo que não conseguira impedir de morrer. Há de viver em mim para sempre, tinha pensado então, e agora voltava a se lembrar dele, embora sem a tristeza e a revolta de antes. Agora era capaz de compreender a roda da vida, a força que levara aquele amigo a lhe dizer adeus, mas que também mantinha todas as coisas em movimento. Fora ela que o obrigara a lutar por sua sobrevivência, que o fizera perder tudo que tinha para depois encontrar maior riqueza; fora ela que lhe negara a princesa para lhe trazer a sua verdadeira companheira, e seria ela a trazer ao mundo, no tempo certo, os seus filhos e os filhos dos lobos. E quanto antes os trouxesse, melhor, concluiu ele, afastando por fim as últimas sombras do medo e da solidão. Respirando com força o ar da Primavera, soltou um uivo alegre, piscou para o velho lobo e abriu o fecho do manto vermelho.

# AS TRILHAS DO CAÇADOR

Ainda me lembro de quando pus o ponto final na primeira versão de "O Caçador". Era março de 1995; eu estava prestes a voltar para o Brasil, após mais de dois anos vivendo em Lisboa, e tinha passado meses trabalhando naquele manuscrito, uma mistura de conto de fadas e romance de formação. Lembro-me da emoção de ter finalmente concluído uma história e dos planos que fiz a seguir: voltar ao Rio, digitar aqueles rascunhos e enviar o original a todas as editoras que pudesse. Se tudo desse certo, em um ano ou dois eu veria meu romance nas livrarias, e – quem sabe? – esse poderia ser o início de uma sólida carreira como escritora.

Com essa expectativa, regressei ao Brasil, e nada aconteceu do jeito que eu previa. Mandei os originais, mas ninguém mostrou interesse por aquele livro cheio de palavras rebuscadas, com ortografia brasileira e frases construídas à portuguesa, vindo de uma autora inteiramente desconhecida. O tempo foi passando, o texto ganhou várias leituras e revisões, eu comecei a escrever outras histórias – e só dez anos depois, incentivada por escritores que conheci no Orkut, decidi lançar "O Caçador" por minha conta, numa edição diagramada por minha irmã e cunhado e impressa na Fábrica de Livros do SENAI. Generosos, amigos e parentes foram ao lançamento e adquiriram o livrinho de capa verde-escura, e alguns deram feedbacks muito positivos, que me incentivaram a persistir na escrita de um novo romance: a história de uma jovem mestra de sagas, que ia viver num castelo distante e se envolvia com águias douradas e um mago ranzinza.

Em 2009, "O Caçador" finalmente foi publicado (pela Franco Editora, de Juiz de Fora) e adotado em algumas escolas, ao mesmo tempo que eu participava da coletânea "Imaginários", um dos primeiríssmos lançamentos da Editora Draco. Foi o início de uma longa jornada, que vem deixando marcos ao longo de todo o caminho: a série de livros e contos de Athelgard, iniciada com "O Castelo das Águias" em 2011, as coletâneas de fantasia, a parceria com o Projeto Pegaí, que distribuiu milhares de livros no sul do país, os prêmios Argos, Odisseia da Literatura Fantástica e finalmente o Le Blanc, sem falar nos vários eventos dos quais participamos juntos. Trabalhando com a Draco, eu aprendi e cresci muito como escritora, e por isso é uma alegria, encerrada a edição anterior, poder republicar aqui o meu primeiro livro.

O texto que chega até vocês não é o mesmo que escrevi em Lisboa. Muito tempo se passou, eu aperfeiçoei (espero) minha escrita, e isso se reflete na revisão: além de substituir algumas palavras, mexer na pontuação e nos parágrafos, reescrevi pequenos trechos e cortei frases repetitivas, a fim de tornar a narrativa mais ágil. Também fiz algumas mudanças na última parte, no que toca à dinâmica entre o caçador e a moça que ele conhece na estrada. O desfecho, porém, é o mesmo, assim como a história, com referências à HQ "The Hunt", de Neil Gaiman, ao filme "A Companhia dos Lobos" e, claro, a muitos livros de aventura e contos de fadas.

Alguns leitores farão comparações com outras obras que revisitam esses contos, e que vieram muito depois de eu ter escrito a minha, tais como "A Menina da Capa Vermelha", "Branca de Neve e o Caçador" e a série "Era Uma Vez". Fico feliz com isso: assim poderão ver as diferentes abordagens, perceber como os contos tradicionais jamais se esgotam e como continuam a ser uma incrível fonte de inspiração para a fantasia.

E a força dessas histórias, e o prazer de lê-las, nos acompanharão ao longo de toda a jornada.

Ana Lúcia Merege
Niterói, dezembro de 2020

# AGRADECIMENTOS

Publicar este livro é para mim uma dupla celebração. É um marco da minha carreira como escritora, iniciada há 25 anos com esta mesma obra; é uma vitória da Arte e da Magia nestes tempos tão difíceis. Ao lado dos meus editores, bem como da Allana, coautora do *Jack London*, agradeço de coração sua colaboração na campanha **Os Lobos da Fantasia**, tanto com valores quanto com divulgação, torcida, incentivo e carinho. Vocês, cujos nomes vão aqui registrados, saibam que fizeram meu espírito dançar de alegria!

Adilson de Almeida Júnior

Adriana Aparecida dos Santos

Adrianna Alberti

Adriano da Silva

Alan da Silva

Alessandra Dossena

Alex Ricardo Parolin

Alexander Meireles da Silva

Alexia Eloar

Aliás Editora

Aline Aparecida Matias

Allana Dilene de Araújo de Miranda

Alysson Diniz

Amarilis Chu Schneider

Ana Carolina Andrade

Ana Carolina Delmas

Ana de Fatima Paulain Gavinho

Ana Lúcia Merege

Ana Luiza Poche

Ana Paula Fagundes Gomes

Ana Paula Winck Pires

Ana Valéria Beserra

Anderson Costa Soares

André Carvalho

André Colabelli Manaia

André Gustavo Ferreira Orsolon Santos

André Pereira Rosa

Andre Zanki Cordenonsi

Andrew S Snake

Ariadne Erica Mendes Moreira

Augusto Bello Zorzi

Aya Imaeda

Bárbara de Melo Aguiar

Basilio Belda

Beatrice Santos Witt

Beatriz Blanco

Bernardo Stamato

Bruna Nora

Bruno Avila Rauber

Bruno Fim

Camila Atan Morgado, a Lupina

Camilla Castagnino

Camylla Remonte Consales

Carine Ribeiro Souza

Carlos Morais

Carlos Rocha

Carol Sousa

Carolina Chamizo Henrique Babo

Carolina Lima

Carolina Mancini

Catarina S. Wilhelms

Celso Cavalcanti

Cesar Lopes Aguiar

Clara Monnerat

Claudia Pucci Abrahão

Claudio Augusto Martins de Almeida

Clecius Alexandre Duran

Conceição Gadelha

Cristina Glória de Freitas Araujo

Cristina Pezel (Escritora e Roteirista) - Selo PICTOS

Daiany Martins Viana

Daniel Folador Rossi

Daniel Medina

Daniel Vitor Blaia Gouvea

Danny Marks

Danyele Fernandez

Daslei Emerson Ribeiro Bandeira

Davide Di Benedetto

Débora Suzan Cavalcante Mille

Déborah Araújo

Denise Perassoli Hote

Diego Araujo

Diego Guerra

Dilson Rufino da Silva

Diogo Gomes

Diogo Miranda

Diogo Siqueira de Andrade

Duda Vila Nova

Eduardo Guimarães Dupim

Eduardo Kasse

Eduardo Maciel Ribeiro

Eduardo Munaro Rodrigues

Eduardo Peret

Eleonor Hertzog

Elora Mota

Elpidio Rodrigues da Rocha Neto

Enéias Tavares

Felipe Lobo

Fernanda Castro

Fernanda Chazan

Fernanda Vasconcelos Eggers

Flávio Cesar de Medeiros Junior

Gabriel Ferreira de Lima

Gabriel Pessine

Gabriela Noêmia Bezerra

Gabrielle Pelizon

Giscard Agra

Glaucia Lewicki

Gleyson Stabile

Guilherme Guimaraes Soares

Helil Neves

Hugo Canuto

Hypia Miranda Sanches

Ian Fraser Lima

Ícaro Medeiros de França

Ighor Oliveira do Rêgo Barros

Igor Nogueira de Oliveira

Inessa Rosa de Amorim

Iracema Karina de Araujo Lauer

Isabela Manhães

Isabela Mello

Ismael Garcia Chaves

Italo Curvelo dos Anjos

Ivan G. Pinheiro

Jana Bianchi

Janine Kuriu Anacleto

Joao Deuslene de Albuquerque

João Paulo Costa Lourenço

JP_Schimidt

Juliana Berlim

Karen Soarele

Karine Lemes Buchner

Katia Canton Monteiro

Kátia Regina Souza

Kayene Nobrega Pereira

Keny Fabris

Lara Séphora

Leandro Ferreira da Silva

Leandro José Vilas Boas

Leonardo Augusto

Leonardo Cesar de Campos

Liége Báccaro Toledo

Lina Machado

Liniker Totolo

Luis Alberto de Seixas Buttes

Luísa Gadelha

Luísa Ribeiro

Luiz Antonio Mousinho

Luiz Gustavo Gonçalves Silva

Marcelo Marques Morelli

Márcia Dupim

Marcio R. Gotland

Marcos Roberto Piaceski da Cruz

Margareth Cristina de Oliveira Ferreira

Mari Sugai

Maria Inês Farias Borne

Marina Vasconcelos

Mário Castro

Marlon Teske

Mateus de Souza da Silva

Maurício Linhares de Aragão Junior

Meg Mendes

mi_veronese

Mikael Macial de Souza

Mirtila Gouveia

Miruna Kayano Genoino

Mizzy Wizzy

Monica da Costa Henriques

mushi-san

Nadja Moreno

Natália Zimichut

Nicolás Irurzun

Nikelen Witter

Nina Bichara

Nome público

O Grifo Editora

Oscar Nestarez

Pamela Ribeiro Toneto

Patrícia Ferreira Magalhães Alves

Pedro Henrique Bastos Mouzinho

Pedro Lobo Pereira da Silva

Petras Furtado

Plínio Roberto Zangirolami

Pris Magalhães

Priscila Mantovani (Leitura Mania)

Rafael Bertozzo Duarte

Rafael de Carvalho Moura

Rafael Senra

Raphael Fraemam

Raquel França dos Santos Ferreira

Raul Tabajara

Rayssa Mykelly de Medeiros Oliveira

Regina Célia da Silva Lira

Rejane Calazans

Renata C B Lzz

Ricardo Gondim

Ricardo Santos

Rita Celentano

Roberto Teles

Robson Nilton dos Santos

Rodrigo Bobrowski

Rodrigo Ortiz Vinholo

Rodrigo Quaresma de Andrade

Rogério de Araújo Ramos

Rogério Faria

Rosa Maria Zuccherato

Rosenilda A. Azevedo

Rozemar Messias Candido

Sandra Abrano

Santiago Santos

Saulo Luders Fernandes

Sérgio Ricardo de Campos

Sérgio Vilar

Simone O. Marques

Sofia Osório

Sophia Gaspar Leite

Suellen Cordovil da Silva

Susana Ventura

Thadeu Fayão

Thiago Ambrósio Lage

Thiago Escobar

Thiago Rosa Shinken

Thiago Tonoli Boldo

Val Armanelli

Valter Cardoso

Vanessa Dias Espindola

Victor Almeida

Wallace William de Sousa

Walter Wascheck Neto

Yklys Santos Rodrigues

# HISTÓRIAS DE ANA LÚCIA MEREGE

*Histórias lupinas*

Jack London e a criatura de Salmon Pond

O caçador

## SÉRIE ATHELGARD

*Romances*

O Castelo das Águias (*livro 1 da série*)

A Ilha dos Ossos (*livro 2 da série*)

A Fonte Âmbar (*livro 3 da série*)

*Contos*

A encruzilhada

A voz do sangue

Em nome de Thonarr

Fogo interior

O anel do escorpião

O jogo do equilíbrio

O tesouro dos mares gelados

Um estranho equinócio

*Juvenis*

Anna e a Trilha Secreta

Orlando e o Escudo da Coragem

https://bit.ly/3oBE8en

ESTE LIVRO FOI IMPRESSO EM PAPEL PÓLEN BOLD NA
RENOVAGRAF EM MARÇO DE 2021, DURANTE A PANDEMIA